かわいい孫は自閉スペクトラム症

菊地よう子

幻冬舎 MC

かわいい孫は自閉スペクトラム症

生後５日

４歳

皆さんに支えられてここまで来ました
いつか奇跡が起きますように

目次

はじめに

それは、私が第二の人生を歩もうと思った矢先のことでした。

私の孫は、この世に生を受け三年半になります。自閉スペクトラム症*と頭には三つのつむじ、左手には升掛線そして大きな目と長いまつ毛、かわいい顔を持って私たちの所へきてくれました。

この日から、私たちは障がいを抱えた子供を持つ家族となり、生活が一変していくこととなりました。

その当時は暗闇の中にいるような気持ちでしたが、一筋の光を求め、私たちは家族の協力はもとより、障がい者福祉制度（公助）、そして地域の人々の協力（共助）と自助努力なしでは生きていけないことを身をもって体験していくことになりました。

暗中模索しながらやっとここまで辿り着きました。そして、多くの方々の協力のもと幼稚園に通うことができ、今は未知の世界に挑戦し視野を広げようと一生懸命に頑張っています。

一昔前までは、そのうち話ができるようになるよ、大きくなったら何でもできるようになるよ、落ち着いてくるよと世間では言われてきましたが、医学の進歩により自閉スペクトラム症についても少しずつ解明されてきています。

後から後から押し寄せる波、現実と向き合いながら残された時間を孫と娘家族のために手助けができればと思い、孫の様子とその時々の私自身の気持ちをふりかえりました。

＊自閉スペクトラム症＝人生早期から認められる脳の働き方の違いによって起こるもので、言葉や、言葉以外の方法、例えば表情、視線、身振りなどから相手の考えていることを読み取ったり、自分の考えを伝えたりすることが不得手である。特定のことに強い興味や関心を持っていたり、こだわり行動があるといったことによって特徴付けられる(国立精神・神経医療研究センターのウェブサイトより)。

一　私と家族

私は専門学校を卒業すると直ぐに結婚しました。そして長男と長女を儲けました。子育てをしながら四十年間夫婦共働きをし、定年を迎え、これから残り少ない人生を、時間に追われることなく、心に余裕を持ちながらボランティア活動を通し、社会貢献ができればと講習会等に参加し資格を取り始めていました。

そんな矢先、孫の夢羽（ゆう）に〝あれ、私が子供たちを育ててきた時とは何か違うなあ〟と思うような症状が次々と現れてきました。

それが自閉スペクトラム症の始まりだったのです。

〝え〜嘘でしょう〟。

衝撃と動揺、不安と戸惑い、〝どうしてうちの子が〟と思うと同時に、一生付き合っていかなければならないことを考えると可哀相で涙が止まりませんでした。

そんな時、娘は「でも夢羽君はかわいいんだよ、ね～夢羽くん」と話しかけ抱きしめていました。そんな娘の姿を見て、孫と一緒に今まで体験したことのない未知の世界で孫や娘家族を助けながら、〝きっと奇跡が起きる〟と信じて残された時間を惜しみなく使おう、そして私が老いた時には夢羽に背負ってもらえることを夢見て協力していこうと決意しました。

娘家族は私の家から一般道路を利用すると片道約二時間、高速道路を利用すると片道一時間程度の所に住んでいます。一般道を利用すると山を一つ越えて行くため暗くて怖いです。そのため夕方は五時を過ぎると行けない、また朝は陽が昇らないと行けない遠方に住んでいます。

娘夫婦は今年小学校に入った長女の夢叶（ゆめか）六歳、そして主人公の夢羽三歳四か月と愛犬オラフの四人と一匹で暮らしていました。しかし、夢羽が二歳の頃より犬アレルギーになり、そのうえ犬を嫌がるため、オラフは私の家で暮らすことになりました。

また、別に暮らしている長男家族がいます。長男夫婦に、孫の夢（ゆめ）中学一年生と、いたずらな犬テテの三人と一匹で、私の家から四、五分の所に住んでいます。

夢は踊ることが大好き、アニメのキャラクターの似顔絵を描くことも大好きです。そのため時間があると「ばぁば、どっちが上手か勝負しよう」と『鬼滅の刃』の似顔絵をよく書かされていました。

そして夢叶を妹のように可愛がり遊んでくれる、元気で活発な孫です。

私は夫と二人暮らしでしたが、夫は六十三歳という若さで急死しました。夢羽が一歳半の時でした。夫は常日頃、「夢羽はいつになったらじぃじと呼んでくれるのかな」と孫の成長を楽しみにしていました。私は時々お仏壇に向かって、「今でもばぁばと呼んでくれないよ、じぃじと言ってくれるのはいつのことだかね」と話しかけては笑っています。夫は夢羽に障がいがあることを知らずに亡くなりました。

このようなわけで、私は愛犬オラフと暮らしているため時間には十分に余裕があり、自由に過ごすことができるため、子供たちの手助けができればと思いました。


これからは、ボランティアをしながら、孫の成長を楽しみに、お友達と孫自慢をしたり、旅行に出かけたりのんびりと暮らすことを夢見ていました。

しかし、障がいを抱えた夢羽を見ている娘の姿に、私が今まで仕事ができたのも子供たちが健康でいてくれたためと思い、可能な限り協力していこうと誓いました。

こんな時に、夫がいてくれたらどれだけ心強かったかと思うと悲しくなります。

二　娘からの妊娠報告

娘から二人目ができたよと電話がありました。

妊娠の報告を受けた時は、正直喜びよりも驚きの感情のほうを強く感じました。夢叶がまだ二歳になっておらず、一番手のかかる時期であること、それに娘が夢叶を妊娠した時は、貧血や血圧が高めで体調がすぐれないこともあり、私の職場によく電話がかかってきていました。

案の定、夢羽を妊娠している時も娘からはちょくちょく電話がかかってきました。

「目眩《めまい》がするんだよ、結構辛《つら》くて。この前は倒れて、夢叶が『ママ、ママ』と呼んでくれて微かに声が聞こえて気が付いたんだよ」と。

娘は良性発作性頭位性目眩を発症しており、疲れや神経が不安定な時に、目眩や耳鳴り、頭痛等の症状が出ることがよくありました。

子供を授かった以上は元気な子が生まれてくることを願いました。

しかし、パパは二交代制で働いているため、夜は娘が一人で二人の子供を見ることになり、さらに体調もけっして良好とはいえませんでした。しかも四月からは夢叶が幼稚園に通うことになり、忙しい日々を過ごすと思うと不安で心から喜べませんでした。

知らない土地で友達もいない所で二人の子供を育てられるのか不安でしたが、夢叶が幼稚園に入るのをきっかけにママ友ができることを願いました。

三　夢羽君誕生

娘は里帰り出産をするため予定日の一か月前より夢叶を連れて帰ってきていました。そのため我が家も夢叶の世話と共に賑やかになりました。

夢羽が生まれたのは平成三十年十二月八日の朝方でした。正期産で自然分娩、二四六〇グラムで誕生しました。出生直後の全身状態は特に異常なく、五日間の入院で無事退院することができました。

退院時には病室で夢叶に抱かれ、二人の写真を撮ろうとした瞬間、夢羽は夢叶の顔を見上げ満面の笑みを浮かべました。この光景に私たちは「これは奇跡だよ、まだママにも笑顔を見せていないのに、夢叶ちゃん凄《すご》い！」と皆で喜んだことを今でも思い出します。そして、これからはこの子を中心に、楽しい日々が続くと思いました。

日が経つにつれ、目が大きく二重瞼、まつげが長く優しい顔立ちとなっていた夢羽。外出するたびに「かわいい子だね、かわいいね、女の子?」といつも声をかけられました。

その後は月齢に応じて首が据わり、寝返り、お座り、ハイハイ、つかまり立ちをし一歳の誕生日には歩き始めていました。

離乳食も順調に進み、好き嫌いなく食欲も旺盛で、体重身長共に標準を上回っていました。

しかし、生後二か月目に予防接種を受けた時に医師より臍《さい》ヘルニア(でべそ)の疑いがあると指摘され紹介状をもらってきました。

だが、地元には小児外科がないため隣県まで通院しなければならず、ここからが夢羽の病院通いの始まりでした。

夢羽が生まれた翌年は中国でコロナウイルス感染症が発生し、その後日本にも上陸。その影響で、乳幼児の健康診査は遅れていました。三か月児の健康診査は七か月目に自宅に保健師さんが来てくれました。夢羽は手足をバタバタさせたり、腹ばいになったり、保健師さんの顔を見たり、ママの呼びかけに嬉しそうに笑顔を見せていました。

その後の乳幼児健康診査は、実際には一歳六か月児健康診査は二歳で、三歳児健康診査は三歳五か月で診てもらいました。三歳五か月になってもママ・パパが言えない、バイバイができない、ママに抱っこして離れませんでした。この時、健康診査から帰ってきた娘から「また紹介状をもらってきたよ」と封筒を渡されました。そこには停留精巣（陰嚢《いんのう》の中に睾丸《こうがん》が入っていない状態）の疑いと記してあり「また病院！」と思わず発してしまいました。

夢羽は成長するにつれ様々な病気が見つかっていきます。

生後二か月目に臍ヘルニアを指摘されてから、一歳を前に熱性痙攣《けいれん》発症、二歳でアトピー性皮膚炎、アレルギー性鼻炎、副鼻腔《ふくびくう》炎、ハウスダスト・犬猫アレルギー、そして三歳時に自閉スペクトラム症、停留精巣、ＲＳウイルスに罹患《りかん》等々増えていきます。その間にも救急車や救急外来、夜間診療所にもお世話になっています。

標準よりやや小さかったけれど、五体満足で生まれてきてくれてほっとしていました。夢叶は朝起きると「夢羽ちゃんに会いに病院に行こう」と嬉しそうに言います。私も夢叶を連れて病院に行くのが楽しみであり、幸せを感じていました。これからは忙しい日々になるがかわいい孫の成長が見られると楽しみでした。しかし、その楽しみは一年ほどで消えていきました。病弱な夢羽、病院通いが絶えず疲れ切った様子の娘、そんな心が沈みがちな時に、いつも私たちを笑わせて癒してくれた、夢叶の存在は大きくありがたかったです。

四　熱性痙攣を起こす

一歳の誕生日を前に、十一月の夕方、熱性痙攣を起こしました。

この日は夢叶の七五三のお祝いのため、レストランで昼食をとりました。夢羽をベビーチェアに座らせベビーフードを食べさせたが、ほとんど食べませんでした。

夢羽は二週間前より突発性発疹を患っていましたが、二日くらい前から熱も下がり、ぐずる様子も見られなかったため、予定通り七五三はできるねと楽しみにしていました。しかし思い返すとこの日は元気がなかったようにも思えました。

お祝いが終わり家に戻り、娘が昼寝をさせようとベッドに入ると目が虚ろになり顔面蒼白、「夢羽！　夢羽！」と呼んでも反応がなく、「お母さん、大変！　救急車呼んで！」と叫び声が聞こえ、急いで二階へ行き「夢羽君！　夢羽君！」と呼びましたが反応がありませんでした。

救急車に運ばれ酸素マスクを付けようとした瞬間に泣き出し意識が戻り安心しました。

病院での診察の結果は熱性痙攣とのことで、抗痙攣薬と解熱剤をもらい帰宅しました。

その後は発熱するたびに、また痙攣が起こるのではないかと心配が絶えず、この日を境に娘の家では常備薬として抗痙攣薬と解熱剤が保管されることになりました。

その後は我が家に来る時には発熱の有無に関わらず薬を持参するようになりました。


私の二人の子供は熱性痙攣を起こしたことがなかったため初めてのことにおどろきました。診察室から娘に抱かれ、出てきた夢羽の姿を見た時はほっとし、涙がこみあげてきました。

その後は脳のどこかに異常があるのではないか、熱を出すたびにまた痙攣を起こすのではないかと心配が絶えませんでした。

夢羽がこんなに体調が悪いのに気が付かず、お祝いのことばかりで、夢羽を連れ回し可哀相なことをしてしまいました。

五　何か変だよね

一歳の誕生日には歩いて、自由にどこにでも行けるようになりました。階段も上ることができ一人で二階にも行くようになり、心配し手を出すと払いのけてきました。でんぐり返しも面白がり、クルクルクルクル回っていました。そんな様子を見ていて粗大運動は進んでいるように思えましたが、でも〝何か変〟でした。いつも娘と「何か違うよね」と話していました。

ママ・パパと何度教えても言おうとしない、声も出そうとしない。お語り、ワンワン、ブーブと、膝の上で向かい合わせになり口元を見せて教えようとしても、直ぐに駆け出し行ってしまいました。

徐々に笑顔がなくなり、視線も合わせようとしませんでした。表情が乏しく、オモチャを見せても喜ばない、あやしても声を出し嬉しそうに笑わなくなりました。

娘の家へ行くと一番先に「夢羽君、ばぁばが来ましたよ」と声をかけながら身体を揺さぶるが、くすぐっても抱き上げても、このおばさん誰？　という感じで知らんぷりで、ニコリともすることがなく無表情でした。私は「少しは笑ってよ、ニヒルな男なんだから」と話しかけ、「こっちが笑っちゃうよね」と娘と苦笑いしていました。

また、ママが出かけても後追いをしませんでした。ミルクが欲しいと泣いて要求もしない。予防接種時、看護師さんに抱かれて連れて行かれても注射をされても泣きませんでした。初めは泣かないで強いね、お利口さんだねと喜んでいましたが「何か変だよね、何か違うよね」と徐々に不安が強まっていきました。一日中行動を見ていると「やっぱりおかしい、変！」とパパも言うようになりました。

次第に声が出ないのは発声器官に障がいがあるから、耳が聞こえないのは聴覚器官に障がいがあるから、私たちの言っていることが分からないのかなと思うようにもなりました。「夢羽君、こっちだよ」と名前を呼んでも振り向かない、目を合わせようとしないでいつも知らんぷりをしていました。

そのため、さらに不安が募り、かかりつけの小児科に受診し、まだ話をしない、視線が合わない等の相談をしましたが、まだ小さいためもう少し様子を見ましょうとのことでした。

そしてこの頃より両耳を塞ぎグルグルグルグル回るという奇妙な行動が見られるようになりました。しかも目が回りふらつくことがありませんでした。そのためさらに不安が増し、耳鼻科に受診しました。診察、耳のレントゲン、聴覚検査を行い、聴覚には異常が見られないとのことで一安心しましたが、耳を塞ぎクルクル回る突飛な行動は続きました。

（後に、自閉症特有の常同行動の一つ［外から見ると意図の分からない、繰り返し行われる行動］だったことが分かりました）

いつも、〝私たちの言っていることは何でも分かっている、話ができないだけなんだよね〟が私たちの口癖でした。

私が子育てをしてきた経験からは考えられない行動をとっていましたが、話ができないのは他の子供と比べて、言葉が出るのが遅いだけ、もう少し大きくなればと、健康児と思いたい気持ちと、もしかしたらという不安な気持ちが入り交じっていました。娘には早く専門医に診てもらうことを勧めていましたが、なかなか返事をしてもらえませんでした。何か障がいがあると感じてはいましたが、診断がつくのが怖かったのかもしれません。正直私もそうでした。

六　寝つきが悪い・夜中に覚醒する

月齢が進み徐々に一日のサイクルに沿って生活リズムが整ってきたかと思われましたが、一歳を過ぎるとさらに変化が見られました。

やっと午睡をしたかと思うと直ぐに目を覚ますようになりました。そのため娘からはいつも「今寝ているから静かにね。足音を立てないでね」と言われ、我が家では「静かにね、静かにね」が飛び交っていました。

また、夜も眠りにつくまでに時間がかかりました。お風呂に入りお腹いっぱいミルクを飲んでも、なかなか眠りにつきませんでした。そのため、抱っこをし、部屋の中を薄暗くし一時間も二時間近くもフラフラフラフラ歩き回り、やっとの思いで寝かせつけていました。寝たかと思うと突然目を覚まし泣き出すようになったり、一度泣き出すと一時間も二時間も泣いていました。

その間は交代で抱き、部屋の中を歩き回りながら寝かせつけていました。かと思うと完全に覚醒しオモチャで遊びだし、明け方の四時五時にやっと眠りについたと思うと、朝は八時頃には起きるという毎日でした。そのため午睡をさせないほうが夜は早く眠りにつくのではと試みましたが、変わりはありませんでした。

二歳になれば睡眠と覚醒のリズムが整い、子育てが楽になるかと、二歳になるのを待っていました。

我が家に泊まりにきた時にも、夜中に泣き出し二時間くらい泣いていました。このような時には、皆で交代で抱いていました。おかしいとは思いながらも、布団が違うから眠れないのかくらいに思っていましたが、自閉の症状は後から後から出現し、娘たちが眠れない、心身を休めることができない日々が続きました。このような状況を目の当たりにし、二十四時間気の休まることがない娘たちが不憫《ふびん》でなりませんでした。「夢羽君、早く寝てよ、ママをいじめないでよ」と夢羽にお願いしました。その後も夜はなかなか眠らない、寝ても直ぐに起きてしまうということは、我が家へ来てもも同様であり、我が家へ来た時くらいは娘たちに寝てほしいと思い、夜中に覚醒した時は、リビングに連れて行き遊ばせていました。

七　抱っこ・おんぶをしない

私が「おいで、抱っこだよ」と手を差し出し呼びかけても近寄ろうとしませんでした。無理やり抱こうとすると両手を上げ身体をグニャグニャさせたり、体重をかけ身体を重くして抜け出そうと身をよじり必死に抵抗しました。機嫌が悪い時には噛み付き逃げ出すこともありました。

また「おんぶをしてお散歩に行こう」と紐を見せて近寄ると直ぐに逃げていくため、おんぶをする時はいつも娘と二人がかりで無理やりでした。すると両手で背中を押し必死で出ようともがき、背中にピタリと身体を合わせ温もりを感じようとする愛着行為は見られませんでした。

愛着行為がないのも症状の一つでした。いつも無理やり抱いていました。しかし、四歳を前にした十二月に奇跡が起きました。ソファーに座っていると夢羽のほうから駆け寄り、私の顔をのぞき込み、ニコッとして膝の上にチョコンと座りました。私はとっさにギュっと抱きしめましたが、あっ！　という間に逃げて行ってしまいました。それでも「夢羽ちゃんらしい、でもうれしい！」と大声を上げ喜びました。

八　後から後から現れる症状・クレーン現象が見られる

何か食べたい、何かしてほしい、どこかへ行きたいという時には、話ができないために手を引いて目的の所へ連れていくという行動が見られるようにもなりました。初めは分からなかったため、〝夢羽君から手を出してきたよ〟と喜んでいましたが、結局自閉の症状の一つ、クレーン現象*でした。

だれかが教えたわけでもなく何か食べたい時には冷蔵庫の前まで手を引いて、チョコレートやヨーグルトの時には抱っこをしてとせがみ、上のドアを開けさせ、トマトが食べたい時には野菜室に手を当てて「開けて」と、お菓子の時には戸棚の前に連れていき取っ手に手を当てます。外に行きたい時には手を引いて玄関に連れていこうとします。

私たちはその都度「トマト」「お菓子」「おそと」と確認と言葉を発するように話

しかけをしましたが「ア〜、ウ〜」の声を出すことはありませんでした。

オモチャを取ってほしい時には手を引いてオモチャ箱の前に立ち、箱に手を置き、違うオモチャを取り出すと「違う」と片足で床をトントンと蹴り、それは違うと言っているかのようでした。


話ができないため、クレーン現象はコミュニケーション手段の一つでした。初めは分からなかったため、夢羽君が自分で考えたのかな、凄いね、お利口さんだねと喜んでいました。

一歳を過ぎた頃から次々に症状が現れ、成長するにつれこだわりの強さ、執着心、ストレスの強い時には爪を噛む、爪周囲の皮をむく、意思の疎通が図れない時には頭をコツコツ叩《たた》く、季節の変わり目には気分が落ち込み元気がなくなる等、挙げればきりがありません。このような夢羽の姿を見ていると辛いです。

＊クレーン現象＝他の人の手を取って物を指したり取らせたりしようとする行為。自閉の子は言語的に要求したり、指をさしたりすることが苦手なことから、相手の手等で自分の要求を表現する動作である。

九　一歳六か月児健康診査を受ける

一歳半になってもママ、パパが言えないため、言葉の遅れに不安が募ってきました。さらに一歳六か月児健康診査はコロナ禍のため、いつ実施されるか予定がたっていませんでした。そのためさらに不安が増し、市の保健センターに相談、そこで市の発達相談窓口を紹介され、医師の面談を受けることになりました。やはりママ・パパが言えない、泣いていてママに抱きつき離れず、この日のうちに医師より「一日も早く専門家の支援を受けたほうがよい」と勧められました。

定期の一歳六か月児健康診査を受けた時は、ちょうど二歳の誕生月でした。眠くてママに抱っこされウトウトしていました。本を見せられ「これなあに？」と聞かれても答えられませんでした。

この時言葉の遅れを指摘され、医師は夢羽の身体に触れることなく、事前のチェックリストを見て「早く療育に通ったほうがよい」と勧めてきました。ここでの健康診査の結果は一歳以下のレベルでした。

保健師より地域には「児童発達支援センター」という施設があり、療育が必要と認められた就学前の子供を対象に、専門家による療育が受けられるとの説明を聞きました。

早速支援センターに通うための手続きと、それと同時に夢叶の通う幼稚園では次年度の入園生を対象とした「未来っ子クラブ」を設けていました。そのため支援センターと「未来っ子クラブ」の二か所で週二日通うことができれば効果があるのではないかと思い「未来っ子クラブ」の手続きも並行して行いました。

支援センターは役所の手続きと順番待ちのためいつから通えるか未定でしたが、「未来っ子クラブ」は四月からがスタートであり通うことができました。

一歳六か月児健康診査では「二語文が言える」が健常な発達の目安です。ママ・パパも言えないため二語文が言えないことは分かっていましたが、「一歳以下のレベル」にはショックでした。スプーンを持って自分でご飯が食べられることもチェック項目でしたが、夢羽はできていませんでした。私たちは夢羽の症状にとらわれ、余裕がなく、年齢に応じた躾《しつけ》をしていませんでした。話ができないということで〝可哀相〟と思う気持ちが先行し、私は何もかも手伝っていました。支援センターや「未来っ子クラブ」に通うことで現状よりもレベルアップするのではとの期待と、外出することで夢羽も娘も気分転換になるのではないかとの希望を持っていました。

二歳の頃「ママママ・パパパパ」と一か月のうち何度か発したことがありましたが、いつしか消えてしまいました。「でもこれが夢羽君の声なんだね」と娘と感激したことを忘れません。

娘はもっと夢羽君の声が聞きたいと話しかけていました。

十　未来っ子クラブに通う（二歳四か月）

夢叶の通う幼稚園では、次年度の入園生を対象とした付帯事業の一環である「未来っ子クラブ」を設けていました。そのため、支援センターと並行して週に二日通うことができれば効果があるのではないかと思い、支援センターと未来っ子クラブの手続きを同時に行いました。

支援センターは役所の手続きと順番待ちのため、いつから通えるか未定でした。夢叶の通う幼稚園では未就学児とその親を対象に「未来っ子クラブ」と称し四月から年に二十五回のプログラムで園の先生方が交代で週に一回一時間、読み聞かせや歌、手遊び、お絵かきリトミック等を行ってくれます。

また、時々年長さんが歌を披露してくれます。夢叶も夢羽の前で歌ってくれ「お姉ちゃんだよ」と、指をさしてみせても聞く耳持たずでした。

ここは、このクラブに参加して次年度に入園を希望する親子がほとんどでした。しかし我が家では、この園に入れることより少しでも多くのことを体験、経験し成長できればとの思いで参加していました。

クラブは毎週水曜日の十一時から十二時までの一時間です。やっと朝ご飯を食べ、着替えて「さあ行こう」と声をかけるとハンカチとティッシュ、マスクの入った自分のリュックサックを持ってきます。このクラブは気に入り、ご機嫌で車に乗り込んでいました。

夢羽は相変わらず人目を気にすることはなく、教室内を走り回ったり寝転がったり、机の上に上がったり、外へ出ようとしたり先生の指示通りに行動することができませんでした。

名前を呼ばれても返事ができません。そもそも発語がないため名前を呼ばれたら「はい」と返事をすることを教えていませんでした。そのため返事の代わりに手を挙げることを教えましたが、最終日までに手を挙げることはできませんでした。

一時間が終わると帰りにジュースがもらえました。夢羽はそれが楽しみでした。飲み終わるとそれぞれ、ごみ箱にパックを捨てに行く、躾と片付けを兼ねた行動であるが、夢羽だけができませんでした。ごみを捨てることや、遊んだ後は片付けをすることも教えていませんでした。

帰りには園庭の砂場で遊んだり滑り台を滑ったり、どちらかというと夢羽はこの時が一番楽しそうでした。

一日でも早く療育を受けさせたい一心でクラブに通いましたが、話をすることもできず、ただ走り回っているだけの夢羽の姿に娘は恥ずかしい、気まずい思いをしたと思います。でも夢羽がいつも見ている世界とは違う所があると、一瞬でも思ってくれたら、それで「よし！」のレベルでした。私たちの思いが通じたかのように出かける時には自分のリュックを持ち、一時間が終わると笑顔で帰ってきました。

娘はいつも帰ってくると「今日はこれをやったよ、でも夢羽だけができなかったよ」と報告してきました。きっと普通の子ならこれくらいはできるんだねと、いつも言っていました。これが正直な気持ちなのかもしれません。

私も娘が帰ってくると「今日はよい報告が聞けるかな」と期待をしていましたが答えはいつも、座っていられず駆けているだけでした。

しかし、途中で逃げ出すことなく、最終日まで自分でリュックを持ち、通い続けられたことや夢羽の笑顔が見られただけでも私たちは満足でした。

その後、家でもジュースを飲んだ後やお菓子の紙は「ごみ箱に捨ててきて」と声をかけるようにしました。するとクラブが終了する頃にはジュースのパックを捨てに行くことができるようになりました。が、名前を呼ばれたら手を挙げることはできませんでした。

私は障がいがあるからできない、可哀相だからとただ遊ぶだけでもいいと、甘やかしてばかりでした。

十一　支援センターに通う（二歳六か月）

「未来っ子クラブ」と並行し、支援センターに通うため市役所の障がい福祉課に相談し、ここで三か所のパンフレットをもらってきました。

それぞれの施設の事業内容や取り組み、施設の見学や説明を受けたり、実際に所要時間を見たり、夢羽と一緒に見学をさせてもらい総合的に判断し、家から十五分程度で行ける社会福祉法人が運営する「こども発達支援センターＡ」に決めました。

手続きから利用できるまでに半年近くかかりました。まず利用したい児童発達支援事業所を選ぶ。次に障がい児相談支援事業所を選び通所するためのプランを立ててもらう。そして申請書を市役所に提出し、市役所から障がい児相談支援事業所に受給者証が交付されて、ここで受給者証をもらい、それをもって利用事業所と契約を結び通所がスタートする仕組みになっています。

承認がもらえるまで半年かかりやっと六月からセンターに通えることになりました。

夢羽の通う火曜日には、他に七組の親子がいました。それぞれに長期目標、短期目標を掲げ、それに向けて支援をしてくれます。

広い部屋に親子八組とそれぞれの担当の先生がいます。先生一人で二組を担当し、最初の十分くらいはそれぞれが好きなオモチャで遊び、夢羽は決まっておままごとセットとボールで遊んでいました。その後、徐々にテーブルの周りに全員集合し、椅子に座り歌やお絵かき粘土遊び、指先から手の動きへと始めるが、夢羽は椅子に座りテーブルに向かうことができずテーブルに上ったり、下りたりウロウロ歩き出しては連れ戻されていました。

その後、身体全体を使った遊び、エアーマットの上でピョンピョン飛び跳ねる運動へと変わる、これはお気に入りで先生に「お片付けしますよ」と言われても終わりにせず飛び跳ねていました。

認知訓練から運動機能の向上等一日五十分を過ごします。ここで椅子に座ることができるようになったのは半年ぐらい先でした。

このようなセンターが夢羽は好きではありませんでした。今まで自由気ままに過ごしてきたため、朝から時間に追われセンターでは決められた物で遊び、指導されながら行動することは苦手だったのです。

夢羽は一度通った道は覚えています。しかも苦手な場所は特にでした。初めて通る道は外の景色を凝視しインプットしているかのようでした。センターへの道のりは、線路の脇を通るため大好きな電車を見ることができるが、チラ見をするだけで笑顔がありません。電車を横目で見ながら次は大きな橋を渡る。するとそこから大粒の涙を浮かべ、お寺の堀で泳いでいるカモを首を長くして見渡し、次はシートベルトを肩から外し何とか出ようと必死になります。センターの駐車場に着くと今度は降りようとしません。そのため無理やり降ろし、抱きかかえてエレベーターに直行し二階に行くが、そこでも逃げ回り他の部屋に駆け込むことが何度もありました。

療育が終わり帰る時には嬉しそうな顔をします。二人で手を繋いで、歩いて階段を降りて車に向かう、そして車の中でジュースを飲み、一息ついてから出発します。運がよいと帰りにも電車を見ることができ、この時は道路の端に車を止めてゆっくり電車を見てから帰るため、満足そうないい顔をしていました。

半年待ち、やっと望んでいた療育に通うことができ安心しました。

しかし、こだわりが強くマイペースで指導されながら行動することが苦手な夢羽にとっては辛く、帰りたいと泣いて部屋から出ようとすることが多々ありました。娘が連れて行けない時は私が連れて行きますが部屋に入るまでが大変です。嫌がる所に無理やり連れて行くのは効果があるのか、かえってストレスになるのではと思いながらも、未来へ向けての第一歩と思いながら通いました。

徐々に、親の気持ちとしては、集団での療育より個別での療育のほうが集中してでき、効果が得られるのではないかと、個別での療育を希望しましたが、専門家が少ない等によりなかなか個別での指導が受けられないのが現状です。

療育に通うことができたことに感謝し、同じ悩みを持つママたちと知り合えるきっかけになったことに、娘も感謝しています。

十二　運命の日

私の住んでいる所には、発達に障がいのある方やその家族の相談・支援、また障がいの判定から訓練まで総合的なリハビリテーションをしてくれる大規模なセンターがあります。そして、ここには療育施設、発達支援センターが併設されています。

この大規模センターで個別の療育を受けることができれば、できることが少しでも増えるのではないかと希望を抱いていました。

しかし、ここで療育を受けるためには医師の確定診断が必要でした。三歳を目前に専門家の診断を受けることで方向性が決まり、心の整理もつき、さらによい療育が受けられるだろうと思う反面、診断が確定することで障がいについて完全に向き合わなければならないことにもなり、〝正直怖い〟、また現実を受け入れることにもなり躊躇《ちゅうちょ》していました。

娘もやっと決心がつき診察の予約を取ることにしました。

診察の日は二か月後の暮れも押し迫った、世間では仕事納めの日、十二月二十八日の十時からでした。

娘家族は前日から泊まりに来ていたため私の家からセンターへ向かいました。私は車の後ろ姿を見ながら「どうか奇跡が起こりますように」と祈りました。

センターではまず夢羽が医師の診察を受けました。問診、誕生から現在までの生育歴、行動の様子を、そして発達検査や運動機能、認知機能の領域別判定を臨床心理士や作業療法士から受け、次に親から言葉の発達の様子、行動の特徴、人との関わり方、身体的な特徴や運動機能等の聞き取りと、二時間ほどかかりました。

お昼を少し回り帰ってきた娘に、「どうだった」と声をかけると、「これ」と言って診断書を渡されました。私は恐る恐る診断書を開きました。そこには自閉スペクトラム症と書かれ医師のサインが印《しる》してあり、娘が「これで確実だね」と冷静な口調で言いました。

私も「これでハッキリしたし、専門の先生の療育が受けられるからよかったね」と声をかけました。そして「早く話ができるようになればいいね」と言いながらお昼ご飯にしましたが、静まり返っていました。

しかし、当事者の夢羽だけがなぜか元気に暴れていました。

診断がつき〝これで療育が受けられる〟と思いましたが、療育を受けるにも予約が必要であり、やっと四月に予約がとれました。

しかし四月からは夢叶が小学校に入るため、午後は一時半までには帰らなければなりませんでした。そのためには、朝八時に学校に出し、下校時間までに帰らなければなりません。高速道路を利用しても一時間はかかるため、実際に療育に使える時間は十時から十二時までの間でした。この時間の予約を取るために毎月一日の九時が予約日のため必死で電話をかけ続けました。

センターにはパパが有給休暇を利用して連れてきてくれるため、月に一回が限度でした。

作業療法士さんとは月に一回の対面であり、しかも個室で一対一、指示された知育玩具を用いるため今までのように自由に遊べるわけではなく、夢羽は不機嫌になることが多くなりました。これが私たちが望んでいた個別であるかと思うと、果たしてこれでよかったのかと不安になってきました。しかし最初に担当してくれた作業療法士さんが代わり夢羽の表情も明るくなり、嫌がることなく部屋に入り、やる気も見られてきました。娘からは「いつも楽しそうに笑顔でやっているんだよ、指示されたこともできるんだよね」とよい報告が聞かれ、「遠いけどここまで来てよかった」と喜んでいました。

本人のやる気や笑顔も見られるため、徐々に娘のほうが意欲が出て、心理療法も受けられないか相談したところ、了解を得ることができました。

しかし二時間続きで予約を取るのは難しい。また本人が疲れてしまい、ここに来ることが嫌になったり、意欲も逸してしまうのではないかと心配にもなってきました。でも、月に二回では、パパが有給休暇を取得してセンターに連れていってくれることもできない。どのような方法をとったら夢羽にとって一番効果的な療育が受けられるのかを考えた末、私が前日に娘の家へ行って泊まり、夢叶を学校に送り出して帰ってくるのを待つことでした。

娘は当日の朝は余裕を持って、いつもと同じようにパパと三人でセンターに向かい、午前中の一時間と午後一時間の二種類を受ける、その間お昼の待ち時間は私の家で休んでいる。このようにすることで時間を気にすることなく療育を受け、ゆっくり帰ってこられるのではないかと考えました。結果的にはよかったのですが、こちらの思い通りの時間帯にはなかなか予約が取れず、一日に二種類の療育を受けるのは困難でした。

一歳の頃より何となく変、おかしい、発達障害でなければいいなと思っていました。早く診察を受け、確定診断がつけば治療方針が決まると思う反面、夢羽は発育が遅いだけと思いたい気持ち、希望と不安が入り混じっていました。もしかしたらと思っていても、診断書を見せられた時は〝どうして私の孫が〟とショックでした。

認めたくない気持ちで、神様を恨み、娘家族の将来のことを思うと辛く悲しかったのですが、なぜか涙は出てきませんでした。娘の前では敢えて涙を見せませんでした。私の涙を見ることで〝母に心配をかけている〟、〝罪悪感を感じる〟のではないかと思えたからです。

一人になると、どうしてうちの孫がと思い、毎日毎日涙が止まりませんでした。徐々に、楽しいはずの子育てが辛い子育てになってしまうのではないかと孫より娘のことが心配になってきました。そして夢叶のことも、障がいを持つ弟がいてと考えると将来への不安で悪いことばかり考えてしまいました。

娘も耐えていました。皆の前では落ち込んだ姿を見せませんでしたが、食欲もなくなりやせて、時々憂鬱そうにしている時もあり、神経性胃炎を患っていました。受容はしたものの、受け入れたくない気持ちのほうが勝っているようでした。私も同じです。

娘のつぶやいた「やっぱりね」は、受け入れたような言葉であっても「普通の子の親」でいたかったと思います。

生まれてから診断がつくまで「何か変?」と分かっていても、障がいがあると認めたくない気持ち、否定と肯定の両方が私にも娘にも正直ありました。

私は娘の家に行った帰りの二時間は、どうして夢羽が、そして娘家族が、と思うと辛く、車の中でいつも声を出して泣きながら帰ってきていました。

そんな時、娘の「でも、これでも夢羽は満足しているんだよ、かわいいんだよ、お母さん」と言いながら、かわいいかわいいと夢羽を抱きしめる姿に安堵し、いつまでもこの愛が続き、いつか奇跡が起きますようにと願いました。

そして、娘を支えなければと強く思いました。

十三　ご近所さんへカミングアウト

三歳になると行動が活発になり、外へ出て遊ぶことが多くなり、庭で遊んでいたかと思うとフェンスを乗り越え道路に出ようとしたり、お隣さんの敷地に入り玉石を持ってきては道路に一列に並べてみたり、花を摘んだりと、庭へ連れ戻してはまた道路へ出るの繰り返しでした。

このような夢羽の奇異な行動を見せたくない、病気のことを知られたくないと思い、近所の方とは挨拶程度のお付き合いでした。

しかし、これから大きくなるにつれ、行動範囲も広がり外出も多くなります。さらに夢叶も小学校に入ると地域との関わりも密になり、交際範囲も広がり人目に映ることもあり、今後生活していく中で、今も将来も他の人の助けが必要となります。そのため夢羽の存在を近所の人たちや自治会長さんにも知っておいてほしいと思うようになりました。

近所の方々に夢羽の障がいのことについて話すと、「何かあったら声をかけてください、私たちにできることがあればお手伝いしますから」と優しい、温かい言葉をかけてくれました。

そして自治会長さんにも障がいを持つ子供がいることを話し、行事等に協力することが難しい旨を話すと、「私たちもそのような方がいることを考えなければなりませんね、無理をしなくても大丈夫ですよ」と言ってくれました。

今までは障がいのある夢羽のことを隠そうとしてきましたが、地域の方々の温かい言葉や励ましに気持ちが楽になり感謝しなければならないと思いました。そして私たちもできる限り地域のために協力していこうと思いました。

私も夢羽と外で遊ぶ時は、恥ずかしいと思いできるだけ近所の人たちに見られなければよいと思ったことがありました。でも、お向かいに住んでいる方は、長いことこの地に住んでいる方で「何でも聞いてください、声をかけてね」と言ってくれました。頼りになる方が傍にいてくれたことは心強く、近所の方とのお付き合いは大事と娘は悟りました。

カミングアウトしてからは気持ちが楽になり、夢羽の存在を隠すことなく堂々としていられるようになりました。

私は高齢であるためいつまでも娘の所へは行けない、その時のためにも、困った時は近所の方や友達が頼りになり、私自身も近所の方々とは、よい関係を築いておかなければと思いました。

十四　パパに感謝

パパは地元の工場で二交代制で働いています。

日勤帯は朝の六時半頃家を出て、帰宅するのは夜の八時頃、そして、夜勤帯は夜の七時前に家を出て、翌朝の六時頃に帰ってきます。このような勤務形態のため、娘は二十四時間一人で育児や家事をする日が何日も続くことになります。

夢羽が生まれた時には、夢叶は二歳半という二人が同時に手のかかる時期でもありました。そのうえ娘は持病もあり、時々体調不良を訴えていました。

さらに、夢羽の臍ヘルニアの治療も地元に病院がないため隣県まで通院していました。完治するまでに四か月かかりました。

娘は一人で二人の世話と自身の体調不良、目に見えて現れる夢羽の症状に不安定な心理状態でした。そのためパパの助けが必要でした。

また、夢羽も成長するにつれ活発になり、怪我やアレルギー等の症状が現れ、季節の変わり目には、気持ちの落ち込みが見られる等頻繁に病院通いをするようになりました。そのため、パパは早退や休暇を取ることが増えてきました。理由はいつも「妻の具合が悪いので」と夢羽の障がいのことについては話していませんでした。娘は自身の体調不良や夢羽の病院の付き添いのため、できることなら、日勤帯だけの仕事にしてほしいとパパに相談していました。

思い悩んだ末に上司に相談したところ、今までこのような事例がないため他の従業員のこともあるのでと、よい返事が得られませんでした。そのため、夢羽の病気のことについて話したところ、やっと理解が得られ、日勤帯だけで働くことができるようになりました。

パパは口数が少なく夢羽と遊んでいても積極的に声をかけたり新しいことを考えて遊ぶというタイプではありません。でも疲れて帰ってきても肩車を求める夢羽を肩に乗せ、次に一緒にお風呂に入り、シャンプーをした後に荒々しくシャワーをかけてくれるパパが夢羽は大好きです。どんなに疲れて帰ってきても嫌な顔をせずに子育てに協力してくれます。

そして療育センターに通うために休暇を取り、病気や不慮の事故では夜間救急診療所へ連れて行ってくれたり、寒くて外に出られない日には夢羽を車に乗せ、電車を見に連れて行ってくれたりと、一日中心も身体も休む暇がないほど動いてくれます。

娘がパパに「夢羽のこと大変でしょう。いないほうがいい」と聞くと「病気があっても一度も嫌と思ったことはないよ、全然平気だよ」と言ってくれました。

私も娘も、きっと夢羽もパパには感謝しています。パパがいつまでも夢羽を思うこの気持ちが喪失しなければいいなと願っています。

これから夢羽が思春期を迎える時、パパの存在が必要になります。いつまでも夢羽の傍にいて見守り夢羽と娘を助けてほしい。そしていつまでも元気でいてほしいです。

十五　夢叶について

姉の夢叶は小学一年生。生まれた時は二一六五グラムと小さな身体で、顔もくしゃくしゃで手足も骨と皮だけでしわしわでした。が、入院中は一生懸命母乳を飲み七日目で元気な子と同じように退院することができました。

夢叶と私は五周り年が違い、さる年で牡羊座という何か運命的なものを感じました。夢叶は今でも体重は一九キロとかなり細身の体型をしています。つむじも二つ持っていて、おしゃべりでいつも私たちを笑わせて癒してくれる愛嬌のある孫です。

二歳の時には階段下から二階で寝ているパパに向かって「パパ早く起きて」と叫ぶほど口が達者です。歌ったり踊ったりするのが大好きで、従姉の夢と韓国の歌手のダンスを汗びっしょりになりながら踊って喜んでいる、夢のお友達とも一緒に遊べる明るく元気な女の子です。

幼稚園の年長さんの時に「夢羽ちゃんはどうしてお姉ちゃんと呼んでくれないの？」と言うことが多くなりました。弟を愛おしいと思う気持ちと、姉としての自覚が芽生えてきたのかもしれません。

また、「お姉ちゃんと言ってくれないから嫌い」と言うこともありました。そのたびに「夢羽ちゃんはまだ赤ちゃんだからお話ができないんだよ、もう少し大きくなるまで待ってね」と話していました。

夢叶は夢羽を抱っこしたり、追いかけっこをしたり一緒に遊びたかったでしょうが、そんな夢叶の気持ちとは裏腹に、夢羽は他人に干渉されたりしつこくされるのが嫌いで自分のペースで過ごすことが好きでした。

そんな夢羽は夢叶の部屋が大好きです。机の上に上がりクレヨンやマジックで机や蛍光灯の傘にまで落書きしたり、引き出しの中の物を出しばら撒いたり、入学時に買った机はもう何年も使い込んだようになっていました。

夢叶はいつも「私の部屋に入らないでよ」と泣いていました。「夢羽ちゃんなんて嫌い」と怒ると、決まって怒られるのは夢叶のほうでした。いつもママに「夢羽がいたずらするのは分かっているでしょう、片付けておかないから悪いんでしょう」と言われていました。

娘は、いつも「お姉ちゃんだから我慢してね、もう少し大きくなったらね」とばかりで夢叶の気持ちを考える余裕がなくなっていました。

夢叶は時々、「ママはいつも夢羽ちゃんのことばかり、夢叶のことは後回し、私もママと遊びたいよ」と言うことがあります。たしかに「後でね、ちょっと待っててね、一人でやっててね」が多くなったように思われます。

外食に行く時も、遊びに行く時も、決まって「夢羽がどうかな？　大丈夫かな？」が一番先に頭に浮かび何事も夢羽中心に回っていました。

最近は、お友達を家に呼んで遊びたいと言うようになり、いつまでもコロナ禍を理由に、お友達を家に呼ばないわけにはいかなくなりました。

まだ甘えたい年齢でもあり、小学校に入り不安も多くある中で明るく元気に振る舞っています。

娘は夢羽に時間をとられ夢叶との関わりが希薄になったように感じます。それがいつまでも続き、疎外感や妬みに繋がらなければいいなと思っています。

障がいという言葉を知らない夢叶にとって、夢羽と自然に接する中で自分や他の男の子と違うと疑問を抱くようになった時に、娘夫婦はどのように接することができるかも心配です。

夢羽が夜間診療所に受診する時には、寝ている夢叶を抱きかかえ、一緒に病院に連れて行き、診察が終わるまで待ち、帰ってきてまた眠りにつく。このような夢叶を見ていると不憫に思えて可哀相でなりません。

さらに将来のことを思うとせつなくなります。思春期、進学・就職、恋愛・結婚と人生の節目の時に、弟の障がいについて現実と葛藤しながら乗り越えていけるのか心配です。そして親が亡き後も弟の面倒を見なければならないと思うと、いつも涙が出てきます。

私は泊まりに行くと必ず夢叶の部屋で、シングルベッドで夢叶と抱き合って寝ます。ベッドに入ると夢叶は決まって「お馬の親子を歌って」と言います。「ばぁば下手」と言われ、次は絵本を読んで眠りにつきます。

去年のクリスマスプレゼントに「何が欲しい?」と聞くと、「夢羽ちゃんにお姉ちゃん遊ぼうと言ってほしい」と返事が返ってき、涙がこみあげてきました。いつになったら嬉し涙になるのかな、夢羽君、早く「お姉ちゃん」と言ってあげて。

十六　ママがいなくても大丈夫

夏休みに入り夢叶が埋没歯を抜くために二泊三日の入院をすることになり、娘が付き添いをするために、その間はパパと私が夢羽の世話をすることになりました。

私は三日間も四六時中、夢羽の世話をすることができるか自信がありませんでした。

パパは昼間は仕事で家にいない。夢羽が頼りになるパパ・ママがいないため不安になったり、意思の疎通ができないため、思いが通らずに泣くのではないか心配でした。

しかし、心配とは裏腹に、一日中ママの姿が見えなくても探すことも泣くこともなく、何かしてほしい時には、私の手を引いてお目当ての所に連れて行きました。

夜、パパが帰宅すると一緒にお風呂に入り、眠りにつくまで傍にいてもらい、その後は私とバトンタッチし夢羽と眠りにつきました。

娘は心配で毎日何回も「夢羽君、どう？　大丈夫？」と電話をかけてきました。私はその都度「大丈夫だよ、ぐずらないでお利口さんにしているよ」と返事をしていました。

退院の日、娘に「夢叶と二人でゆっくりお昼でも食べて帰ってくるといいよ」と声をかけていました。するとお昼前に「ただいま」と夢叶の大きな声が聞こえ、次に「夢羽君、帰ってきたよ」と手を振りながら娘が入ってきました。そして娘が夢羽に近寄り抱き上げようと手を出すと手を払いのけ、またオモチャで遊びだしました。

娘は「心配でお昼も食べないで急いで帰ってきたのに、知らんぷりでママは悲しいよ」と夢羽にぼやいていました。

私は娘に「まったく、ぐずることもないし泣きもしない、ママを探すこともしなかったよ、お利口さんにお留守番できたよ」褒めてあげてと報告すると「ママがいなくても大丈夫なんてママは寂しいよ、でも夢羽君らしい！」と笑っていました。

一歳の頃も娘が風邪をひき一日中寝ていてもドアを叩いたりママを探して部屋に入りたいと騒いだことはありませんでした。

二日間夢羽と二人で過ごし疲れました。次から次へとオモチャを出しては散らかし、各部屋にあるクーラーの電源を次々に入れ部屋を変えていく。食事は介助にて食べさせ、一日中自分の好きなように振る舞う夢羽の傍にいる娘は、さぞかし疲れるだろうし、夢羽についての心配が絶えないと思うと可哀相でした。

十七　食へのこだわり・偏食がひどい

夢羽は好き嫌いせず何でも食べて標準通り体重も増え、手足もムチムチになり離乳食は順調に進んだと思われましたが、一歳を迎えても、スプーンを持って早く食べたいとせっつく、手掴みでも食べようとする、といった食への興味は見られませんでした。三歳を過ぎ、やっと大好きなアイスクリームだけは自分でスプーンを持ち食べますが、それ以外はほぼ介助で食べています。

食事はまずメニュー全体を見回し食材や切り方、臭いを嗅ぎ盛り付けを確認し、その後「いただきます、何が食べたいの」と声をかけスプーンを持たせるが、持とうとしません。一口食べては自分の手で口の周りを拭き、また一口食べては口を拭き、常に口の周りはきれいにするこだわりがあるようです。一皿を食べ終わると次のおかずへと移るスタイルです。時々お代わりをしますが、その時は間髪入れずに呈しないと、熱いから冷ましてからと、もたもたしているともう食べません。介助者はペースを見ながら雰囲気を察し、お代わりを出すタイミングが求められ、そのタイミングを逸すると食事は終わりになります。

食へのこだわりはいろいろです。主食は白米に赤い丸い容器の納豆をかけて食べるのが好き。塩味の付いた焼きのりをそのまま食べるのが好き、焼き肉は甘口のたれで味付け、メーカーはすべて決まっています。

野菜は二種類だけ、ブロッコリーとミニトマトを四分の一に切って出します。しかも生産者も決まっています。パンは食パン、ドーナッツは生クリームが入ったもの。おやつのチョコレートやジュース、ヨーグルトもすべてメーカーが決まっています。こだわりが強く味やパッケージも決まっています。しかも一日に二個三個と食べたり飲んだりするため買い溜めをし、見つからない場所に保管しておきます。

毎日同じようなメニューであるため食材を変えてみますが、臭いを嗅ぎ、いつもと違う食材、味付けと分かるともう食べないのです。子供が好きそうなカレーやオムライス、パスタも一切食べません。以前は後を追いかけ食べさせていましたが、今では一日のうちで一食は白米、タンパク質は納豆で補い、乳製品はヨーグルトで補っています。

こだわりが強くても食べてくれるだけでいい、と今では思うようになりました。同じものを三か月四か月と食べ続けると突然ブームは去っていきます。

食の基本はまずお座りをして食べることと言いますが、「何か変？」と思った頃も、椅子に座り落ち着いて食べるということができていませんでした。単に食に対して興味がないだけなのかなくらいに思っていました。

娘は栄養が偏ってはいけないと食材や調理方法等を変えたり、身体によいという食材を使ったり、興味のあるキャラクターの食器にしてみたり、休みの日には庭で食べてみたりと工夫していましたが、食べようとはしませんでした。

偏食も特徴の一つと分かってからは、〝せっかく作ったのに食べてくれない〟という思いが軽減し無理強いすることをやめました。

主食を十分に食べないため、赤ちゃんの時から子供特有の膨らんだお腹を今まで見たことがありません。いつもぺちゃんこでした。

ブームは突然去っていくため、時期を見ながら次は何を食べてくれるのかなと考えながら、食事介助をしています。

十八　こだわりの遊び

生後半年くらい経っても、枕元に置いてあるぬいぐるみやガラガラといった音の出るオモチャに興味を示しませんでした。

また抱っこをして絵本を見せながら「ワンワンだよ、ブーブだよ」と声をかけても興味を示さず駆けて行ってしまいました。

二歳頃になると、丸い物、色にこだわり、ミニカー、プラレールにも興味を持つようになり、ミニカーやクレヨンをテレビボードやテーブルの端ギリギリに一直線に色も系統別に揃え並べるようになっていました。クレヨンを並べても縁から落とすことがありませんでした。

初めてその光景を見た時は「わ、凄い！」と思いましたが、懸念は強くなっていきました。

プラレールにも興味を持つようになり、レールを繋げて電車を走らせて、立ったまま上から見たり、レールをまたぎ股の間からのぞいて見たり、寝転がり横から見たり、一日中グルグルグルグル走らせていました。その間は私たちには横に座って見ていてほしいというのです。脱線すると電車を元に戻すため付きっきりでした。

また、丸い物にも興味を示し、ボールは勿論ですが、頭にカラフルな色の付いた画鋲《がびょう》が好きになり、我が家のコルクボードに刺してある画鋲を見つけては取ってくれと大騒ぎをし、刺しはしないかと心配で渡さないでいると、自分で椅子を持ち出し取ろうとしました。片方の指の間に四個挟み、片方の手でオモチャで遊ぶことが好きでした。

夢叶のオモチャも好きでした。特におままごとの包丁です。刃のほうを上にして持ち、野菜を半分に、繰り返し繰り返し一時間も二時間も切って喜んでいました。そのため「刃のほうを下にして切るんだよ」と持ち替えても、何度教えても直すことはできませんでした。今でも刃を上にして切っています。これも自閉の特徴の一つでした。

外で遊ぶことが大好きです。雨の日でも外に出たいと騒ぐため、雨が上がると直ぐに外に出たがるため、ブルーシートを敷き、その上で遊ばせていました。

砂遊びも大好きです。冬場は電気ストーブを横に置き、暖を取りながら、夏場はパラソルを立て陽射しを避けて、蚊に刺されないように、虫よけスプレーをかけ蚊取り線香をつけて、水分補給のために水筒を横に置き、砂をコップからコップへとひたすら入れ替えて喜んでいました。そのため、身体は砂だらけになり最後は玄関で服を脱ぎお風呂に直行していました。お風呂に入ればまた大喜びしお風呂から出たくないと大騒ぎするしまつでした。

このような日が毎日続くため、家の中で遊べる砂を買ってみました。直ぐにお気に入りになり、朝起きると砂、夜お風呂から出ても砂と、寝るまで砂で遊ぶということになってしまいました。冬場の寒い日でも階段の踊り場で、洗面所でと、好きな場所へ自分で砂遊びセットを運び、おかげで家の中は砂だらけでした。

そのため、寝ている間に砂を隠しましたが、出してほしいと怒ったり泣いたり大騒ぎとなり、そのうち飽きるだろうとまた渡してしまいました。

また、狭く薄暗いクローゼットの中で遊ぶのが好きです。姿が見えないためどこにいるのかと思うと、クローゼットの荷物の上に寝転がりｉＰａｄを見ています。そのため、荷物を片付けマットを敷き、薄暗いためライトを入れ夢羽専用にミニハウスを作りました。気に入ったようで一人になりたい時にはここで遊んでいます。

何事にもこだわりやマイブームがあり、そのたびに夢羽の要求に応えていました。その間は好きな遊びに集中し気持ちが落ち着いているようでした。親としては遊んでいる間はゆっくりしたいと思っても、夢羽は傍に座って見ていてほしいタイプであり、そのため家の中は散らかし放題です。夢羽が外で砂遊びをしているため、草むしりでもしてあげようと始めると、ここに座って見ていてと腰を掴んで座らせます。このような夢羽の世話をしている娘はさぞかし疲れるだろうと思い、娘の家にいる間は夢羽の遊び相手をしています。私はいつも娘に「夢羽の相手と家の掃除、どっちがいいの?」と聞くと、娘はすかさず「お掃除がいい、夢羽の相手をしているのは疲れるもの」と即答でした。

十九　iPadが大好き

夢羽はiPadが大好きです。本来は夢叶の勉強のために購入したものでしたが、夢羽がぐずっている時や娘が家事をする時に見せておくとスムーズにできるため、重宝となりついつい見せていました。

また車で出かける時も、iPadを見ていると大人しく座っているため、遠出をする時は決まって持って出かけていました。自分で好きな番組を見られるため、いつしかDVDの存在は消えていました。

iPadの操作は、初めは娘が番組を選択し見せていましたが、画面や音量を変えてほしいと頻繁に呼びに来るようになり、人差し指を持ってスイッチの上に置くようになりました。

私の所へも画面を変えてほしいと何度も来ていましたが、もたもたしながら操作をしていると、この人はできない人と認識し怒って行ってしまい、いつしか頼まれなくなりました。

娘は「夢羽君も自分で覚えて好きな所を見たら？」と番組とボリュームのスイッチを指にあて教えました。あっという間に使いこなせるようになり、自分の気に入った画面を選び、視聴する時間も、一日一時間が二時間三時間と日ごとに増えていってしまいました。

二歳の春には、長野県の小諸市の桜並木と、お焼きを作っている場面が異常に気に入り、毎日毎日、百回二百回と繰り返し繰り返し見ていました。しかし五月の桜の季節が終わる頃になるとピタリと視聴するのをやめました。と思ったら、次の年の春にも同じシーンを、何百回と繰り返し視聴していました。「やっぱり気に入ったものに戻るんだね」と娘と笑ってしまいました。

ｉＰａｄを見ている姿もいろいろです。お座りをして行儀よく見ているかと思うと、あお向けに寝転がり両足をあげ指先に持ち手をかけて見ていたり、股の間からのぞき込み見ていたり、階段の踊り場で逆さになり見ていたりと、見ている姿は滑稽です。またパパに肩車をしてもらい、パパの頭の上にｉＰａｄを置いて見るのが大好きです。

最近は韓国語にはまり毎日毎日聞いて楽しんでいます。「韓国語は聞いて分かるのかな、私たちは早く夢羽君と話がしたいから、日本語の勉強をしてくれると嬉しいんだけどなあ」と話していました。

iPadの見せ過ぎはよくないことと分かっていても、見ている間に家事ができる、ほっと一息つけるため常態化してしまいました。夢羽の場面のスクロールの仕方がかわいい、小指を立て中指でサクサクサクサク送っている姿はとても愛くるしいです。早くiPadを見ているより楽しいことが見つかるといいなと思います。

二十　高い所が大好き

運動神経がよいのか、腕力があるのか、つま先に力が入るのか、少しの隙間があると手とつま先だけで、箪笥《たんす》の上に乗りクマのプーさんのように寝転がり、ミニカーを箪笥の縁に並べ遊んでいます。

また夢叶の部屋でも箪笥の上に登りぬいぐるみをポイポイ放り投げ、足をプラプラさせ、次にベッドに向かってダイビングし喜んでいます。さらに机の上にも上がりベッドに向かってダイビングと大暴れをするため、夢叶は「夢羽ちゃんなんて嫌い、私の部屋に入らないで」と泣いています。

ピアノの上も大好き、椅子がなくてもあっという間に腕力だけで乗ってしまい、ピアノの上から飛び降り腹部をぶつけたことがありました。さすがに痛かったのか一瞬お腹に手を当てたので、泣くのかなと思ったら、また飛び降りていました。次の日に下腹部は青あざになっていました。

公園でもジャングルジムや滑り台が大好きです。パパがいる時は一緒に上まで登り落ちないように見守りしてもらえるが、平日には公園の横は通らないようにし、遠回りをして散歩をしていました。

庭で遊んでいてもフェンスをよじ登り道路へ出ようとしたり、お隣のブロック塀に登ろうとするため、足がかからないように平面の板を立てかけてもらい、外に出られないようにしたところ、今度は、門扉のカギを開けることを覚えてしまいました。

一つが解決するとまた次の問題を起こす。二階のベランダに設置しているクーラーの室外機の上に立っていました。私が一番〝ドキッとした〟ことでした。この年は三歳、四歳の子供たちがベランダから転落する事故が起きていて、連日のように報道されていました。夢羽もあと一秒でも気付くのが遅かったらと思うと〝ゾッとしドキドキ〟しました。サッシはロックをしているため安心かと思っていましたが、日頃私たちが開け閉めしている様子を見て覚えてしまったのかもしれません。

また、我が家へ来た時にはお仏壇の引き出しに足をかけて、過去帳やリン、お線香を放り投げお仏壇の中でｉＰａｄを見ていました。「じぃじが怒っていたでしょう、ここはじぃじの座る所だから、この中には入ってはだめ、夢羽君はここに座るの」と座布団の上に座らせましたが、聞く耳持たずで駆けて行ってしまいました。

後から後から危ないことや、私たちが予想できないことをする夢羽のため、事故を防ぐために親のほうが危険を察知し、予防線を張らなければなりません。病気と分かっていても善悪のことを教えなければと思うとつい強い口調となってしまいます。いつまでも親が見守りをできるわけではないため、繰り返し繰り返し根気よく教えていかなければならないと思いました。

二十一　お騒がせなお買い物

娘が一人で夢羽を連れて買い物に行くのは至難の業のため、平日はどうしても必要なものがある時だけと、パパがいる休みの日、私が娘の家に行った時に一緒に買い物に連れて行きます。

以前、症状がさほど出ていなかった頃、多動になる前は手を繋いで歩いていましたが、大きくなるにつれ、広い店内が嬉しくて駆け出して行ってしまうことがしばしば見られるようになったため、スーパーに着くと直ぐにカートに乗せるようになりました。

食料品売り場ではカートに乗って大人しくしているようにと、最初にお菓子売り場に行き、買って持っていればと思いましたが、物を欲しがるよりは、そこで遊びたいと大騒ぎをします。また、お酒コーナーでは缶ビールの陳列棚の前で座ってでしまい、缶を積み上げ喜んでしまいました。そのため、それ以降はお酒コーナーの前は通らないようにしています。

とにかく、お気に入りを見つけるとカートから抜け出し一目散に駆け出してしまう夢羽です。

オモチャ売り場では陳列棚に飾っているぬいぐるみをポイポイ放り投げ、棚の中に入り寝そべり満足そうな顔をしていました。

また、家具売り場ではベッドを見つけると駆け出し、ベッドの上で飛び跳ねようとするため追いかけるのが大変でした。

さらにエスカレーターにも興味を示しグルグルグルグルグル永遠に回ってくる手すりに大喜びで、手すりに触りたいと大騒ぎをし傍を離れようとしませんでした。そのため抱きかかえて他の売り場へ移動しますが、またエスカレーターめがけて駆け出します。それ以降エスカレーターが視界に入らないように、館内を巡ったりエレベーターで移動するようにしています。

買い物はいつも中途半端です。お目当てのものを買い忘れることが多々あります。娘にとって買い物は気分転換の一つのため私がいる時は、大人二人がかりですが、それでも大変です。迷子にならないか、店内の物にいたずらしないか、店内を駆け回り他の人に迷惑をかけるのではないか、と他の人の目が気になり、私たちはいつも家に帰ってくると「あ～疲れた、もう夢羽は連れて行かない」が口癖でした。反面「夢羽君だっていろいろ社会勉強したいよね。かわいい子には旅をさせろ！　でしょう」と最後は笑って終わりになります。

二十二　喜ばないテーマパーク

テーマパークデビューは一歳の誕生日。プレゼントとして泊まりがけで遊びに行きました。これを口実にテーマパークに行き、ホテルに泊まりたかったのは親のほうだったかもしれません。私はお世話係として一緒について行きました。

夢羽はここでホテルに泊まった時も寝つきが悪かったように思います。夜中に何度も起き泣いていました。私たちは、〝初めてのことに興奮して眠れないのかな〟くらいに思っていました。しかもミルクや離乳食もほとんど食べませんでした。

しかし、初めてのテーマパークでは大人しくベビーカーに座り、歩み寄ってくるキャラクターにビックリしたり、アーケードのディスプレイをキョロキョロ見上げたり、関心があるかのようでした。

二歳になるとキャラクターには関心がなく喜びませんでした。一緒に写真を撮ってもらいましたが、嬉しそうな顔はありませんでした。また売店に入っても何一つお土産を欲しがりませんでした。

それよりも広い庭園を大声を出しながらピョンピョンピョンピョン駆け回り喜んでいました。またフェンスや段差があれば登ったり下りたり自由気ままに走り回っていました。しかし船に乗るアトラクションで世界を旅した時には、食い入るように人形やディスプレイを見上げていました。さすがに、純粋な心を持つ夢羽には、何か心に感じるものがあったようで安心しました。

その後もテーマパークに行きましたが、あの時と同じように、テラス席のテーブルに乗ったり降りたり、パレードには関心がなくウロウロしていました。そのため「これからは、ばぁばとお留守番してようね」と夢羽と話しました。

正直、私はテーマパークでの子守は大変でした。年齢による体力のなさと自由気ままに振る舞う夢羽の後を追いかけるのは辛かった。が娘家族が少しでも気分転換になればと思うと断れませんでした。

そして、一番は夢羽が喜ぶのではないかと期待をしていましたが、まず人の多さにビックリしていたようでした。感動もした様子が見られませんでした。

家では毎日毎日ｉＰａｄでキャラクターが歌って踊る動画を見ていたのに実物を目の前にしても無関心でした。

二十三　新たな一歩

幼稚園に通う――四月には三歳四か月になっているため幼稚園に通わせたいと思っていました。

治らない病気と分かっていても、もしかしたら現状から少しでも向上するのではないか、また夢羽にとって家族以外の人や同じ年頃の子供たち、先生方と関わることで楽しいこともあり、自然に言葉が表出するのではないかと、親の勝手な思い込みと期待を込めて幼稚園に通うことができたらいいなと思っていました。

入園の準備のため、夢羽のような障がいを抱えていても受け入れてくれる幼稚園があるのか、市役所の障がい福祉課に相談し、三か所のパンフレットをもらってきました。

まず一か所目はすでに障がい児を一人受け入れているため余裕がないとのことで

電話の時点で断られました。

次の幼稚園は一クラス二十八名と大人数のため、その中に夢羽が入っていけるのか心配でした。

三か所目の幼稚園の教育理念は健康や人間性を重視し、しかも少人数制でした。そのため、目が行き届くのではないか、また夢羽は話ができないため、体調不良時や暴れん坊のため怪我をした時、また、させた時に連絡を受けても直ぐに駆けつけられる車で七、八分の距離にあり、ここは、私たちが一番願う条件ばかりでした。

後日、幼稚園を見学させてもらいました。園長先生が案内してくれました。園長先生は障がい児の受け入れには理解があり、しかも加配*といいクラス担任の他に先生が専属で障がい児についてくれる制度があるとの説明をしてくれました。

いよいよ面接の日、心配していた通り椅子に座っていることも、名前を呼ばれても「はい」と返事をすることもできず、教室の中を走り回ったり、オモチャを出しては投げ、ピアノの上に立ち園長先生に「危ないよ」と言われ、いつも通りの夢羽の姿を見せてきました。

結果は後日ということで終わり、娘は帰ってきて「入れないかもしれないね」の一言で疲れた様子でした。

このような夢羽の様子を見て入園させてくれるのか、〝もう一年待つのがよいか〟と不安になってきました。

九月に面接を受け、年が明けても結果が来ないため、次の幼稚園を探すべきか、一年待つのがよいか悩んでいた矢先の一月中旬、やっと入園許可が届きました。「よかった、よかったね」と皆で大喜びしました。

入園が決まってからは、躾ができていないため大慌てでした。椅子に座らせたり、スプーンを持って一人で食べられるように試みたり、コップを使って水を飲めるようにと教えましたが、椅子に座るどころかウロウロ歩き回り、一人で食べようとしませんでした。

名前を呼ばれても「はい」と返事をすることができないため、「未来っ子クラブ」の時にも教えていた、声の代わりに手を挙げることを教えましたが、結局二か月間では何もできませんでした。

入園できたことに感謝の気持ちでいっぱいでした。

幼稚園に通うことで他の園児と関わり一緒に遊ぶことは楽しいと感じたり、集団生活をする中で社会のルールも自然に覚えていく、またお友達の声を聞くことで言葉が表出すればと、期待を抱いていました。その反面、話ができないことで意思の疎通ができない、人の多さにストレスを感じるのではないかと、また、躾もできていないため、あと一年待つほうがいいのではないかと、不安と期待・心配で夢羽が可哀相に思えて娘と口論になることがありました。

娘は「いつもお母さんが傍にいられないんだよ、助けてあげられないんだから」「お友達と一緒に生活していく中で自然に身についていくかもしれないし、家にいるより楽しいかもしれない」と不安を抱きながらも前向きでした。

私は自分の子育て中も時間に追われ気持ちの余裕がなかったため、何もかも先回りして手伝っていた甘い面がありました。

この育て方を夢羽にも押し付けていたのかもしれないと反省させられました。

＊加配＝発達障害、自閉症、言葉が遅い子が集団生活をするにあたり困りごとを抱えている子供に対してサポートや援助ができるように通常の職員に加え先生を配置すること。

四月

いよいよ入園式当日。制服を見せながら、「これからはこのお洋服を着て幼稚園に行ってお勉強をしたり、お友達と遊ぶんだよ」と話しかけながら、白いブラウスに赤い蝶ネクタイ、紺のチェックの半ズボンに白いハイソックス、紺のダブルのブレザーをやっと二人がかりで着せました。「まるで『名探偵コナン』だね」と言いながら、「でもコナンは事件を解決してくれるけど、こちらのコナンは事件を起こしてくれるんだよね」と大笑いしました。

支度が終わり玄関を出て紺の帽子を被り一人前の姿になり「これで話ができたら最高なんだけどね」と言いながら記念写真を撮ろうとしましたが、泣きべそをかいていて写真どころではありませんでした。

幼稚園に着くと見知らぬお友達、大人たちに驚き、ママにしがみつき、式が始まっても椅子に座ることができず、ママに抱っこをして廊下からの参加でした。

二日目、いよいよママと離れて一人立ちの日、制服を見せながら「お着替えしてお友達の所に行こうね」と声をかけると大泣きしながら逃げ回り、登園時間に間に合わず初日から遅刻でした。

目には大粒の涙を溜め、幼稚園までの道のりを外の景色をじっと見つめながら風景を記憶しているかのようでした。

幼稚園に着き「着いたよ、降りようね」と声をかけるとまた泣き出し、やっと車から降ろし抱きかかえて玄関まで早足で連れて行き、先生にお願いしましたが、ママに抱きついて離れず大粒の涙をポロポロ流しながら、やっと先生に抱かれて教室に入って行きました。

その後も、朝は制服を見せると泣き出し逃げ回るため、夢羽に見つからないようにバッグや手提げ袋は先に車の中に入れ、行く直前に制服に着替え、抱きかかえて車に駆け込むという毎日でした。

その後も、泣きながら先生に抱かれ部屋に入っていくという日が続きました。

さすがに、帰りのお迎えの時は喜び駆けてきて抱きつき、先生が「夢羽君、また明日ね」と声をかけてくれても知らんぷりで、早く帰ろうと足をバタバタしています。

幼稚園では給食が出るため親にとってはありがたい話でした。「お昼の心配をしなくてよかった」と娘は喜んでいました。朝ご飯もほとんど食べないで行くため、幼稚園での給食は栄養源になると、娘と「助かるよね」と話していましたが、今まで見たことのない食材や食器を使って食べることができず、こだわりの強い夢羽にとっては、先生が介助をしてくれても一口も食べない日が続きました。

そのため、幼稚園では、食べないと体力もつかないだろうと心配をしてくれ、「パンかおにぎりを持ってきてもいいですよ」と声をかけてくれました。でも他の子供たちの目もあるのでパンは袋から出し小さくして、ジュースは目立たないパックの物にしてほしいとのことでした。

幼稚園では時々散歩に行きます。朝ご飯もほとんど食べないで行くため、散歩中にアイスの自動販売機の前を通るとアイスが食べたいと指をさし、そこから歩こうとしないため、先生に抱かれて帰ってきていました。

障がいを持ち、一般の幼稚園に行けるとは夢にも思っていませんでしたが、いよいよ念願の幼稚園に通うことになり、孫の制服姿を見た時は感無量でした。いよいよ、一歩が始まりました。

一週間のうち一日は療育に通い、間の一日は休息のために休みを取り、残りの日を体調を見ながら幼稚園に行くという、わがままな身勝手な親子であったと思います。あくまでも無理強いをしないが基本でしたが、通いだすにつれ早く慣れてもらいたいと、無理やり連れて行った時もあり試行錯誤の毎日でした。

毎朝幼稚園に連れて行くまではてんてこ舞いです。夜中に何度も起きるため朝はなかなか起きられない、身支度にも時間がかかり、朝ご飯もほとんど食べないで行くことがありました。

給食も食べない夢羽にとっては「お弁当を持ってきてもいいですよ」と許可が出たことには感謝でした。しかし、パンもジュースも食べてきませんでした。

入園式以降ほとんど遅刻でしたが、休むことなく行くことができました。が、よほど幼稚園が嫌だったのか「イヤイヤ」という言葉を覚えました。新しい環境と前日の夕食以降は、ほとんど食べていない状態で幼稚園に行くため少しやせてしまいました。

このような夢羽の姿を見て、「毎日何をしているのか、行きたくないのかな、体調が悪いのかな、楽しいのかな」といつも決まってこんな心配や話が絶えませんでした。私は夢羽に「幼稚園楽しい？」と聞いてみたが勿論何の返答もありません。

夢羽のこのような姿を見ていると心配になり、私は「だからもう一年様子を見ればよかったのに」と、つい娘と口論になっていました。

娘は故意に忘れ物をし、お弁当を届けながら様子を見てくることがありました。私も様子を見に行ったことがありました。

五月

朝もなかなか起きられない、機嫌が悪い、制服を見ただけでも泣き出し逃げ回り、支度に時間がかかり遅刻をすることがまだ続いていました。

幼稚園に着くと「夢羽ちゃん」と先生と一緒に声をかけてくれ、玄関で出迎えてくれる女の子が二人います。この子たちが夢羽のバッグを持ってくれたり、靴を靴箱にしまってくれたりとお手伝いをしてくれます。そんな女の子たちに知らんぷりをし、先生に抱きついて涙を流しています。

朝ご飯もほとんど食べないで行く夢羽にとっては、「お弁当を持ってきてもいいですよ」と許可が出たことは大変ありがたかったです。

しかし、ジュースは野菜の絵が描いてあるだけ、パンは袋から出し小さく切りラップに包み、副食はお弁当箱に詰め、しかもお弁当箱というものを初めて見るため、こだわりが強い夢羽にとっては、先生が介助をしてくれても一切食べることはありませんでした。

娘は朝からお弁当を持っていくと、お昼には冷めてしまい、さらに食欲が減退するだろうと昼食の時間に合わせて届けるようにしていましたが、やはり食べてきませんでした。

見た目重視でこだわりの強い夢羽にとっては、パンは切れていて見た目が悪い、いつも飲んでいるジュースと違う、お弁当箱を見るのも初めてです。そのため、家でも夕食はそのお弁当箱に詰めて練習をしてみましたがやはり食べませんでした。園長先生が心配し、、何も食べないため「家で飲んでいるジュースやゼリーを持ってきてもいいですよ」と言ってくれました。

それを持たせるといつも飲んでいるジュースのため安心したのか、お昼にはジュースだけを飲み、飲み終わるとお友達の食べている様子を、まるで先生が見回るかのように見て歩き、お友達が給食が終わるまで、フロアーに寝そべり一人で遊んでいました。

そのため、お昼は家に帰ってきてから食べるという毎日です。朝の会では椅子に座っていられるようになり、名前を呼ばれると手を挙げてアピールをすることができるようになりました。（三歳五か月）

五月はこいのぼりを作ったり、母の日の似顔絵を描いたり制作の時間が多くありました。説明がないと分からないようなママの似顔絵ですが、先生の助けを得ながら仕上げた作品に感動したり、「これはお化け？」と笑ったり複雑な気持ちでした。

先生たちが夢羽君も疲れるのではないか、一人でゆっくりしたい、落ち着きたい時もあるのではないかと、段ボールで「夢羽君ハウス」を作ってくれました。夢羽は気に入ったようで、この中で寝転がっています。時々、男の子が「夢羽君、遊ぼう」と声をかけてくれ、ハウスの中でお互いほどよい距離感を保ちながら、干渉することなく二人で中にいるが、いつしか夢羽がどこかへ行ってしまいます。

六月の運動会に向けて練習が始まり、先生の介助を得ながら、体操着に着替えることが始まりました。

この頃より家に飾っていた入園式の集合写真をよく見て、人差し指でお友達の顔をよく触っていました。今まで関心を示さなかったが、いつも一緒にいるお友達と分かっているかのようでした。私は夢羽に「いつもお世話になっています、ありがとう」と言ってと声をかけています。この子供たちにいつまでも夢羽とお友達でいてほしいです。

先生方には夢羽の心身を心配してもらい、ほっとできる居場所を作ってもらったり、療育で行っていることを情報交換しながら、取り入れられるものがあれば役立てたいと申し出てもらったりと他の園児と同じように接することを基本に、夢羽の行動や気持ちを第一に考えて指導・見守りをしてもらい感謝の気持ちでいっぱいでした。

中旬頃より、ストレスや疲れなのか、熱は出なかったが元気がなくなり、今まで醸し出したことがないような様相に不安になり、かかりつけの小児科に受診したところ、専門医のいる病院を紹介されました。診察、血液検査の結果数値的に異常は見られませんでした。環境が変わったことによるストレスと疲れ、季節の変わり目に現れることがあるとの診断にて一安心しました。

運動会の練習が始まり、何もかもが新しいことの毎日で、今まで休むことなく集団生活をし、夢羽なりに我慢をしながら環境の変化に耐えていたのかもしれません。話ができないために「辛い」と言うことができず、私たちの押し付けになっていたのかも？　できることが少しずつ増えてきたため嬉しくなり、気分がウキウキし〝心の声を聞く〟ことを忘れていました。私たちの思いばかりを通そうとしていたことに反省させられました。

六月

運動会が催されました。

お便り帳には「毎日運動会の練習をしています。初めはピストルの音にビックリしていたようですが、日を追うごとに大きな音にも慣れてきて、毎日頑張っています」と記してありました。が、運動会に参加できるのか半信半疑でした。

いよいよ運動会当日、白の半袖シャツ、黄色の半ズボンに赤白帽子、白のハイソックスに身を包み、帽子の嫌いな夢羽が顎にゴム紐をかけて先生に手を引かれ最後に入場してきました。

そしてクラスごとに整列、並んだかと思うとまた歩き出し、連れ戻されてはまた動き出し、やっと整列ができた夢羽でした。

開会式後、準備体操を始めるとまた歩き出しウロウロし始めました。

いよいよ徒競走、先生と手を繋ぎトラックを半周しました。おぼつかない足取りで先生に手を引かれ、今にも泣き出しそうな顔で必死にゴール目指して最後に走ってきました。

次はお友達四人で協力してのボール運びに参加しました。大風呂敷の角をしっかり持ってボールを載せて、お友達にリードされて必死の形相で最後まで走りきりました。

閉会式後は一人一人にお土産が手渡されました。順番を待てずに手を出し前に出ていく姿を見て、「物欲はあるんだね」と娘と思わず笑ってしまいました。

入園して二か月足らずで、運動会を経験し最後までやり遂げることができました。お友達と一緒にトイレトレーニングに参加することになりました。嫌がることなくお友達と一緒にトイレに行き、便座に座らせてもらうのですが、一度も成功したことはありません。

その後は、おむつの中に排泄物《はいせつぶつ》があるのが不快と分かってきたのか、おむつを取り替えてほしい時には、自らおむつを持ってきて、取り替えてほしいと寝転がったり、便をするとおむつの中に手を入れるようになりました。手が汚れていたことに気が付かないことが何度かあり、家では壁に便が塗られていたこともありました。そのため、着古したTシャツと夢叶のパジャマのズボンを利用してつなぎを作りました。上下を一体化し、おむつの中に手が入らないように、ファスナーを後ろに付けて自分では脱ぐことができないようにしてみました。これを見せると近づいてきて自ら足を入れ手を入れ、上手に着てなかなかのお気に入りのようです。幼稚園から帰ってくると排便があるまではつなぎを着せていました。

「お友達の手を噛みました」と先生から話がありました。何が気に入らなかったのか女の子の手を噛んだというのです。夢羽の口から理由や謝罪の言葉も聞くことができません。女の子のお母さんに謝罪をしたところ、「大丈夫ですよ、うちの子は何も言っていないので」と言ってくれたためほっとしました。

家族以外の人に噛むことをするようになり、今後は注意をはらわなければならず、悩みの種が一つ増えました。私も夢叶も時々噛まれることがあります。意思の疎通が図れずイライラした時に噛むことがあるのですが、ママやパパには噛んだことがない（相手との関係性が分かっているのか）。これからも話ができないために、意思の疎通が図れないことが多々出てくると思います。今後どのようにしたらよいか悩みます。このような場面ではその都度暴力はいけないことを話していかなければと思います。

運動会はハラハラドキドキでしたが、夢羽のおかげで笑いあり涙ありのよい一日を過ごせました。夢羽にとっても運動会は多くの人が目に入り、いつもと違う雰囲気に不安があったと思う。そんな中で運動会を通し助け合うことや協力、ルールを守ること、我慢することを学び、楽しかったり感動したりと心が一瞬でも動いたようです。たくさんの体験経験をさせてもらい、先生方やお友達に〝ありがとうございました〟と感謝したいです。また、夢羽にも「よく頑張ったね」と褒めてあげました。

入園して二か月足らずで、運動会を経験し最後までやり遂げることができこの成長に感激しました。

運動会の練習のために体操着に着替えるため、自分で頭を通そうとしたり、ズボンを脱ごうとする行為が、家でもお風呂に入る時に、自らシャツやズボンを脱ごうとする行動が見られるようになりました。一つ一つの行事を通して一人遊びから人への関心が徐々に広がり成長している姿に一安心し喜びを感じました。

七月

夏祭りやプールと楽しいことばかり体験させてもらいました。

七夕祭りでの折り紙や色塗りは、五月のこいのぼりを作成した時よりも上手にできていました。今年の夏は猛暑酷暑と厳しい暑さが続き、幼稚園ではかき氷を何度も作ってくれました。さらに夏祭りで提供してくれたかき氷が大変気に入ったようでした。

暑さで食欲もなくなり、水分もあまりとらない夢羽にとっては、舌の氷の感触と二重の喜びでした。

たまたま娘が子供の頃に、かき氷器を買って家で作り食べさせたことがあり、その器械がまだ私の家にあったため、それを使って家で作ったところまたまた大喜びし、いつしか幼稚園から帰ってくると一番先にかき氷を食べて、次にお昼ご飯を食べるというパターンになっていました。

さらに、朝起きると直ぐにかき氷を食べたいと、器械を指さし、次に冷蔵庫の中の氷とシロップを指さし、早く食べたいと大騒ぎです。毎朝毎朝、起きると直ぐにかき氷を食べて、その後、朝ご飯を食べて幼稚園に行き、帰ってきてはまた食べるという毎日でした。

そのため、幼稚園に行っている間にかき氷器を隠しました。いつものように帰ってくると食べたいと大騒ぎをし、器械を探し回り、戸棚の中を見、次は手を引き冷蔵庫の前に立ち抱っこをして中を見せてほしいと、キョロキョロキョロキョロ中を見渡していました。うっかりしてドアポケットにシロップを入れたままでした。「シロップがあるのだからかき氷を食べさせろ！」と言わんばかりに大騒ぎをし、結局食べさせてしまいました。

　このようなかき氷ブームもやっと十一月になり去っていき一安心しました。また、この夏は水遊びやプールの時間も多くなりました。元来お風呂好きなこともありプールに入ることも大好きです。プールに入る時には、プール用の紙おむつをはきそのうえに海水パンツをはく、そして日焼け予防のパーカーを着てプールに入っていました。プールの中ではなぜか年中さんの傍で遊ぶのが好きでした。先生が「もうおしまいだよ、終わりにしようね」と声をかけても夢羽はなかなか終わりにしませんでした。

　一つのブームが去るとまたブームはやってきます。プールの後は水遊びにはまり、今度は台所で水を出して遊ぶようになりました。テーブルの上に乗り、そこからカウンターに腹ばいになり、水道のレバーを上下させ、水を出したり止めたりと喜んでいます。

　時にはカウンターに腰掛けシンクの中に足を入れ水を出しピチャピチャして喜んでいます。元栓を止めると開けろと大騒ぎをし、キッチンがだめなら洗面所へと行き、そこでまた水遊びをする。運悪くまだ排水していない浴槽を見て、服を着たまま浴槽の中に入り遊んでいたことがありました。

もし溺れていたら、心臓麻痺を起こしていたらと思うと、「私たちの心臓が止まるところだったよね」とほっとし、娘とお湯は直ぐに抜き、浴室はカギをかけるようにしないとだめだねと反省させられました。


私たちの予想をはるかに超える行動をするため、生活の中では常に危険と背中合わせであることを忘れてはいけないと思い知らされました。

おとなしく一人で遊んでいる時は、私たちもつい気が抜けてしまいます。

盛りだくさんな行事に疲れが出たのか、幼稚園でも家でも頭をコツコツ叩く姿が見られました。行事を通し自然にお友達と遊ぶことが多くなった反面、考えることや我慢することも覚えストレスを感じてきたのかもしれません。夢羽にはアレコレ期待し過ぎてしまったと反省させられました。

八月

八月になると幼稚園も夏休みに入り、夢羽は家で過ごす時間が多くなりました。さらに時間に追われるような活動がなく、一日自由に過ごすことができるため楽しそうでした。

そのため、夢叶と遊ぶ時間が多くなり、飛んだり跳ねたり手加減することなく『戦いごっこ』をしたりと大喜びです。が最後は夢羽が思い通りにいかず噛み付き、夢叶が泣いて遊びをやめるという毎日が続いていました。

夢叶が夏休みの宿題をするために絵の具を出すと、絵の具を手に塗りペタペタ手形を押すのにはまってしまいました。壁にまでペタペタ押したがるため、クローゼットの中にテーブルを入れ、夢叶は汗をかきながら夢羽に知られないように、こっそりポスターを仕上げていきました。

私とパパが同じ日にコロナに罹《かか》りました。夢叶は夏休みで私の家に泊まりに来ていたため、濃厚接触者となり、自宅に帰ることができなくなり私の家にいました。パパは夢羽に感染しないようにと、私の家で療養することになりました。私と夢叶、パパと三人で十二日間過ごすことになりました。その間娘と夢羽は自宅で二人きりで過ごしていました。

自宅療養が解除になりパパが家に戻ると、夢羽はママの後ろに隠れてしまいました。「夢羽ちゃん、パパだよ」と声をかけながらパパから近寄っていくと、今度はカーテンの陰に隠れてしまいました。その後一か月近く経ってもパパの姿を見ると、〝向こうへ行け〟と言わんばかりに押し返したり泣いたり、逃げたりと不安定な状態が続きました。今までは眠りにつくまではパパと一緒にベッドにいたのですが、この日を境にパパと寝ることがなくなり、ママと眠りにつくようになってしまいました。

しかし肩車だけはパパに頼み、肩に乗ったかと思うと直ぐに降りてママの所へ駆けて行くという日が続きました。

半月近くママと二人きりの生活に夢羽の一日の生活パターンができていたのかもしれません。早くパパとの関係を修復してほしいです。ママの仕事が増えてしまいました。
夢羽は時間に追われることがないため、自由にオモチャで遊んだり、夢叶と遊んだり勉強の邪魔をしたりと楽しそうでした。子供同士の手加減をしないストレートな遊びが夢羽は嬉しそうでもありました。

夢叶が自由気ままな夢羽と長い時間いることで、自由が奪われストレスを感じなければいいなと不安でした。

自由気ままに過ごしていたため夏休みが明け、「幼稚園に行きたくない」と言ったらどうしようと心配でした。

九月

遠足に行きました。幼稚園の送迎バスで子供たちと先生だけの片道三十分程で行ける公園です。

事前に九月には幼稚園のバスで遠足に行きます、公園でお昼を食べて帰ってきますとお知らせをもらっていました。

私は心配でたまりませんでした。今までバスに乗ったことがありません。しかも、広い公園の中でパニックになり駆け出しどこかへ行ってしまうのではないか、虫に刺されたり怪我をしないか……今までママと離れて遠出をしたことがありません。

毎日毎日、「遠足は休ませたほうがいいんじゃない」と言っていました。しかし娘は「私だって心配だよ、でもいろいろ体験させてやりたいし、しかも送迎バスに乗ったことがあるんだよ。園庭から玄関まで乗せて練習してくれたの。行けばけっこう喜んだりしてね」と楽観的でした。私はそれでも夢羽が〝何かを起こす〟のではないかと心配でした。

いよいよ遠足の日、虫刺され予防のスプレーをたっぷり塗り、さらに念のために塗薬、転んだ時の傷テープ、そしてお弁当、水筒、着替えを持たせ準備万端整いました。娘は幼稚園の木の陰からこっそりバスを見送り帰ってきました。

家で待っている間も〝泣いていないかな〟、時計を見ながら〝今頃ブランコに乗っているのかな、滑り台で滑っているのかな、虫に刺されていないかな〟と心配が絶えず、「二人でこっそり見に行きたいね」と話をしていました。

夢羽はブロッコリーにマヨネーズをたっぷりかけて食べるのが好きなため、お弁当にブロッコリーを入れました。が、用意していたマヨネーズを入れるのを忘れてしまいました。

娘は「今から公園に持って行こうかな、夢羽に見つからないように先生に渡してこようかな」と迷っていましたが、結局持って行くことにしました。

今までお弁当を一度も食べてきたことがなかったのですが、今日は外で、しかもお友達と一緒のため、もしかしたら食べてくれるのではと期待をしていました。マヨネーズを先生に渡した後、木の陰からストーカーのように夢羽の姿を追い様子を見ていました。そして夢羽の様子をスマートホンで私に送ってくれました。先生と手を繋ぎ公園を歩く姿や、お友達の後に並び、恐る恐る滑り台を滑る姿が写っていました。この様子を見て〝一安心〟しました。

家に戻ってきた娘と「結局見に行っちゃったね」と大笑いしました。

無事に家に帰ってきた夢羽に、娘は期待をしながら「どれどれ」と言いお弁当箱を開けてみましたが、何も食べていなかったため「ショックだよ」と夢羽に話しかけていました。喉は渇いたのか、ジュースだけは飲んできました。

「夢羽ちゃん、お腹すかなかったの？　公園は楽しかった？　バスは楽しい？」と聞いても何の返答もなく、いつも通り早くかき氷を食べさせろと器械を指さしｉＰａｄを見て知らんぷりをしていました。

思い出を作っていただき先生方やバスの運転手さんに感謝しています。初めてのことには何事にも慎重な夢羽です。後日写真屋さんが撮ってくれたスナップ写真を見ると喜んでいる笑顔の写真はなく、緊張した不安そうな顔ばかりでした。どうやら、緊張と不安の一日を過ごしたようです。親にとっては参加できたことに喜んでいましたが、夢羽にとっては楽しいはずの公園がストレスの温床だったかもしれません。いつも娘と「話ができたら何と言うのかな？　聞いてみたいね」と話しています。でも一人でバスに乗りお友達と公園に行けたただけでも成長したと感じ、「よく頑張ったね、頑張ったね」と褒めてあげました。

十月

初旬よりRSウイルスに罹り、発熱と咳、鼻汁で一か月近く体調を崩し、幼稚園に行けたのは三日間だけでした。体調は一進一退で、熱が出ては解熱剤と抗痙攣剤を挿入し、様子を見ながら診察を受ける日々が続きました。

熱や鼻汁、食欲がなく、元気もなくなり一向に回復する様子もなく、コロナウイルスに罹ったのではと不安な日々を過ごしていました。かかりつけ医の他に名医がいると聞けば診てもらいたいと遠方まで連れても行きました。結局RSウイルスに罹っていました。

この病気は風邪と同じで特効薬がないため対症療法で様子を診ていくしかなく、しかも何か月もスッキリしないことがあるとのことでした。

十月は夢叶の七五三のお宮参りを予定していました。夢羽も三歳のため、一緒にお宮参りをし健康になろうねと話をしていました。そのため、貸衣装と写真館も予約をしていました。心配していた熱も二日前より出なかったため、予定通り行うことにしました。貸衣装も届き、夢叶は大喜びでした。

しかし、当日の朝の熱は三十七・二度でした。が、元気で笑顔も見られたため、逃げ回る夢羽を捕まえ着物に着替えさせ、その姿を見て「お似合いだね」と大人だけが喜んでいました。

最初に家族写真を撮ってもらうため写真館に行きましたが、初めてのスタジオの雰囲気に、笑顔どころか、外へ出たいとママにしがみつき大泣きとなり、〝より、よい思い出に残る家族写真〟となりました。その後、お参りをし、散策をしながら庭園で写真を撮る予定でしたが、ぐずっていたためやっと二枚だけ写真を撮り帰ってきました。

帰ってきてからも微熱がありぐずっていたため、お風呂には入らずに早めに寝かせました。深夜一時頃に咳がひどくなり、それと同時に吐いてしまいました。パジャマを着替え、シーツを取り換え、ベッドの上もきれいにし「さあ寝よう」とママが声をかけ、布団の中に入るも起きだし、ママの手を引き下に降り、浴室に連れて行き、お風呂に入ると言わんばかりでした。昨夜はお風呂に入れずに寝かせていました。そのためお風呂に入っていないことを思い出したのかもしれません。ママとお風呂に入ると安心したのか眠りにつきました。自閉特有のこだわり、ルーティーンは体調が悪くても健在でした。

初めて熱性痙攣を起こした日も夢叶の三歳のお祝いの日だったことを思い出しました。

その後、体調は少しずつではあるものの回復し、十月の最後の日、やっと登園することができました。

幼稚園に行くとお友達が「夢羽ちゃん、夢羽ちゃん」と駆け寄ってきてくれましたが、知らんぷりして先生に抱きついていました。娘が先生と話していると、〝早く教室に連れて行け〟と言わんばかりに部屋のほうを見ながら先生の身体を両足で蹴っていました。相変わらず自分勝手な夢羽です。

次の日、先生から「『夢羽ちゃんはどうしたの、どうしたの？』とお友達が心配していましたよ」と聞き、夢羽に「お友達が心配していたよ、嬉しいね」と話しましたが、聞く耳持たずで早くチョコレートが食べたいと騒いでいました。

十月は心身共に疲れました。夢羽が体調を悪くし苦しんでいる。娘も夢羽の身体の心配と自身の看病疲れと、夢叶の七五三のお祝いが重なり、十分にできないままに皆が必死で動いていました。

夢叶にも可哀相なことをしました。今後もこのようなことがないとも限らず、また涙が出てきました。

そんな中でも幼稚園のお友達の優しい思いやりのある言葉に救われました。三歳であっても相手を思う気持ちが芽生えるのだと、娘と「普通の子」だったら、とつい言葉が出てしまいます。夢羽にも早く相手を思う気持ちを感じるようになってほしいと思います。

十一月

絶好調でした。今までは制服に着替える時には泣いていましたが、泣くことがなくなりました。幼稚園に着くと駐車場から抱っこをして連れて行っていましたが、バッグを肩にかけ手を繋いで玄関に入っていけるようになりました。さらに、靴を下駄箱に入れることができるようになり、上履きに取り換えると今日は何をして遊ぼうかなと、首を長くして教室のほうを見ています。ママが「じゃね、夢羽君」と声をかけても知らんぷりをして振り向かず、先生より先に教室に入っていくことが多くなりました。

教室では自分の机に椅子を持っていくことができるようになり、ポケットからハンカチを取り出し手を拭くことも覚えました。

迎えに行くと、お手伝いをしてくれる女の子二人と手を繋ぎ向かってくるが、まだ遊んでいたかったというような不服そうな顔をしています。

以前は、早く迎えに来てほしかったと言わんばかりに、涙をぽろっと出し抱きついてきましたが、今では手を繋いで歩いて駐車場まで帰れるようになりました。

また、運動会の写真、遠足の写真もよく見ています。しかも顔をよく触っています。

制作物も枠の中に色を塗ろうとしたり、たくさんの色を使えるようになってきました。

体調も回復し夢羽の成長していく姿が日に日に伝わり嬉しく思います。少しずつではあるが時間で行動ができ、笑顔も見られるようになり、一瞬でもお友達と遊びたい、お友達の傍にいたいと心が動いたことが嬉しいです。お友達の力は凄い！　とあらためて思いました。
私は、家は安心できゆっくりできる場所と考え、「可哀相だ」が先行し何でも手伝っていました。娘には「そんなことまでやらなくていいよ」と、よく言われていました。〝世話してあげたり、怒られたり〟と複雑な気持ちです。

十二月

県外の水族館へ親子遠足がありました。
「大型バスを利用して幼稚園全員で親子遠足を予定しています」と、事前にお知らせをもらいました。この時点ではまだ行き先が知らされていませんでした。

後日、行き先が決まり出欠の有無を出すことになり、行き先は水族館でした。しかも片道二時間はかかる所です。

夢羽にとってはすべてに不利な条件です。バスの中の閉塞感、大勢の人と一緒にバスの中に二時間も落ち着いて座っていられるのか、薄暗い閉塞感のある水族館に入れるのか心配でした。

さらに、コロナ禍でもあったため、感染したらとの不安もありました。

そのため「行かなくてもいいんじゃない」と反対していました。しかし娘は「皆との思い出を作ってあげたいし、集合写真を見るのが好きなの、バスからも外の景色がよく見えて意外と喜ぶかもね。今まで見たことのないサメやカメも見られるし、意外と心配無用かも。私も他のお母さんたちとも知り合えるチャンスだし、友達になれるかもしれない」と前向きでした。そして最終確認の二日前に「参加する」と意思表示をしました。

参加すると言ったものの、途中でぐずり出しても、夢羽一人のためにバスを止めてもらうこともできない、途中下車して一人で連れて帰ってくることもできず不安が募ってきました。

でも、お友達と一緒なのでスムーズに行けるかもしれない、この二日間はそのことで頭がいっぱいになり「行く前から疲れちゃうね」と話していました。

参加するかしないかもう一度パパと相談したところ、パパがマイカーでバスの後に付いて行き、夢羽がバスに飽きたら車に乗り換えて、バスの後を付いて行くのはどうか、途中でパーキングにも寄るためそこまで我慢をさせて、車に乗り換えるのはどうかと、自分たちに都合のよいことばかり考えていました。

次の日、園長先生に相談すると「くれぐれも事故に気を付けてほしい」ということで許しが得られました。

いよいよ明日は出発という前夜、部屋の中を駆け回り、転んで下唇を切るというアクシデントがありました。今までに聞いたことがないほど大泣き、一センチ強ほど切り、皮がむけ大量の出血をし、救急外来を受診し四針縫合して十一時近くに帰ってきました。

明日の遠足は朝の様子で決めようと眠りにつきました。

行く前からのアクシデントで明日が思いやられます。欠席したらいいのではないかと内心思っていました。

夜間は痛がることもなくよく寝ていました。朝起きて口唇の腫れは見られたものの、出血や熱もなく、ぐずることもないため行くことにしました。私は思わず「連れて行くの！」と叫んでしまいました。

制服に着替え、集合時間ギリギリで最後にバスに乗り出発することができました。バスの中では大人しく座り、外の景色を見ている姿をスマートホンで送ってくれました。出発し三十分くらい過ぎた頃より飽きだし、前の席のシートを足でバタバタ蹴ったり、立ち上がり後ろのお友達を見たり、通路に出たいと座っていられなくなりました。

やっとパーキングに着いたためバスを降り、マイカーに乗り換え後ろから付いて行きました。やはり我慢できたのは一時間程度でした。

水族館には嫌がることなくスムーズに入れました。見学中はパパに肩車をしてもらい、イワシの回遊やサメは気に入ったようでガラスに張り付き、食い入るように見上げていました。お土産店に入るとサメのぬいぐるみが気になり放しませんでした。

帰りもマイカーでよいとのことで、バスの後ろに付き無事に幼稚園に帰ってくることができました。

遠足後は制服に着替えるとバッグと水筒を持って、早く行こうと手を引き玄関に行くようになりました。

さらに、お友達とお医者さんごっこをし、夢羽が患者役になり動かないで寝ていました。年末のお餅つきでは、初めて見た光景にビックリしていたり、小豆やお味噌汁を飲むという、初めてづくしでした。

夢羽も娘も大冒険をしたと思います。夢羽は家族以外の人たちと遠足を経験し、娘は夢羽の存在を隠すことなく、私が母親ですと振る舞えたことに自信が持てたと思います。

よい思い出ができたのも、参加できるために園長先生の理解、一大決心があったからだと思い、感謝しなければなりません。

私は危ないからや心配が先行しネガティブな考えになり安全に過ごせるようにだけを考え夢羽の可能性の芽を摘んでいたのかもしれないと反省させられました。

また「ごっこ遊び」ができたことにビックリしました。お友達と遊ぶことは楽しいことや自分勝手、わがままをしない、我慢する等の行動や感情のコントロールを必要とします。これが少しの時間でもできたこと、そのことを教えてくれたのもお友達だと思います。自分勝手な夢羽を誘ってくれ、ぴったりな役をあたえてくれたお友達の力は凄い！　本当に感謝です。

一月

新年三が日は陽射しが暖かく穏やかな日が続きました。

そして夢羽の成長には驚くことばかりありました。幼稚園は一月十日から始まりました。朝は八時前には起き遅刻をしないで行けるようになりました。幼稚園に着き、玄関で先生と話をしていると、ママに早く帰れと言わんばかりに手で押し返すようにもなりました。

お手伝いをしてくれる女の子も二人から四人に増え、出迎えてくれる人気者になっていました。

さらに、ビッグニュースがありました。お弁当の蓋を開けると、入れておいたウインナーとミニトマトがなくなっていました。思わず「夢羽君、食べてきたの！」と大声を上げ頭を揉みくちゃに撫で回し喜ぶと、怒った顔をして行ってしまいました。この日からウインナーとトマトかイチゴだけは食べてきてくれるようになりました。

娘は夏休みが明けてからは、お弁当をいつ持っていっても食べてくれないため朝から持たせていました。冬になりお弁当が温かいほうが食べるのではないかと、食べる直前に先生が温めてくれていました。

またお友達と遊ぶことも多くなり「家族ごっこ」と称して夢羽が赤ちゃん役にな

り寝ている。女の子たちに指示されても嫌がらずに指示された通りに一緒に遊んでいました。またまた夢羽にピッタリの役でした。

玄関に入ると靴も自分で下駄箱にきっちりと揃え奥まで入れられるようになったり、シャツやズボンを途中まででではあっても自分で上げようとしたり、お友達の行動を見て真似をしようとする様子も見られるようになり、表情も豊かになりました。

四歳になり成長がいちじるしいと感じました。

一月二十日は忘れられない日です。やっとお弁当を食べてくれた日です。ウインナーとミニトマトだけですが「ついにやったね」と大声を上げ喜びました。そして毎日毎日お弁当を温めてくれた先生に申し訳ない気持ちと感謝の気持ちでいっぱいになりました。夢羽にも先生のこの愛情が伝わったと信じています。

この日は、朝から早く幼稚園に行こうと手を引っ張ったり一人で自分の机に椅子を運んだり、お友達と同じ行動を積極的にとっていました。

帰ってきてからも、心の底から笑っているよい笑顔が見られ私たちの気分もよかったです。

お友達に仲間に入れてもらい一緒に遊び可愛がられ、役どころもぴったりの赤ちゃん役や、患者役で思わず笑ってしまいました。先生に見守られながら一日過ごすことができるようになり、このままお友達に関心が向けられ、皆といることが楽しいと思う気持ちが芽生えてくれることを期待しています。

さらにもう一つ嬉しいことがありました。声をかけなくても夢羽のほうから駆け寄り、肩をチョコチョコ叩き抱っこをして、おんぶをしてとせがみ、笑顔でのぞき込んできました。急いで赤ちゃんのように横抱きにすると、満足そうな顔をして私の顔を見上げていました。

二月

市民プラザで「おゆうぎ発表会」が催されました。

一週間前より風邪気味でしたが、一年間のしめくくりのため、前日の会館での予行練習は大事を取って休ませていました。

当日は現地集合でした。朝に見た会館は初めてのため、ママにしがみつき降りようとしませんでした。泣きべそをかいていましたが先生に抱かれ楽屋へと入っていきました。

いよいよ夢羽の出番、幕が上がるとカスタネットを片手に持ち、先生に寄りかかり、片足を組み大きな態度で立っていました。先生にリードされ不服そうな顔をしてカスタネットを叩きながら、時々、天井のミラーボールをキョロキョロ見上げていました。相変わらず人目を気にしない夢羽でした。

次はジャンボリミッキーのテーマ曲に合わせて客席の上からステージに向かって行進してきました。たまたま私たちの横を通ったため急いで顔を隠しましたが、気付かれてしまい、ママに抱きついてきました。直ぐに先生に手を引かれ、ぐずることなくステージに上がっていきました。

その後、休憩時間になり私がホールに出ると、子供たちもトイレ休憩となり入口で鉢合わせになり目と目が合い「あっ!」と思いましたが、夢羽は私には知らんぷりで行ってしまいました。〝いつもの夢羽らしい〟と思いました。

体調がすぐれない中で、初めての場所で最後まで泣かずにやり遂げた夢羽に「よく頑張ったね」と褒めてあげました。

いつも行事があるたびに、「今日はどうだった、と夢羽君に感想を聞きたいね」と話しています。でも「泣かないで最後まで頑張れたからよしとしないとね」と娘と満足しました。

ある日、教室で泣いている子がいたため先生がCDを流していると、夢羽がCDを止めて一緒に泣いていた。夢羽は泣いているのを見ているのがすきではありません。夢叶が泣いているのを見ても嫌で泣き出します。泣いている姿を見たり、だめ等の否定的な言葉は嫌いでした。

また「ビッグニュースだよ」と娘から電話がかかってきました。「夢羽がおむつの中からウンチを取り出し、自分の机の上に置いたらしいよ。しかも給食の前に。

お友達が見つけて先生に言ってくれたため大事に至らなかった」と。私は「不幸中の幸いだったね。自分の机の上に置いただけお利口だったよ」と笑ってしまいました。どうしてそんなことをしたのと聞くこともできません。

お尻に変な物があると不快だと思う気持ちが出て、家でも手を入れることが多々ありました。

行事の時は決まって体調を崩します。体調が悪くても「辛い」と言うことができず可哀相でした。一年間のしめくくりのため参加してほしいという親の思いで、いつも私たちに振り回されています。

体調が悪い中、初めての場所で大勢の人たちの前で、大きな音、残響、薄暗い中で何とか最後までやり遂げ、やはり成長しているのだと感無量でした。

幼稚園に朝送っていくと、バイバイと手を振り教室の中に入って行けるようになりました。お友達といることが楽しいと思うようになってきたのかな。

いまだに排泄に関しては何もできていないため、お友達に不快な思いをさせてしまい、申し訳ないと思います。

三月

二月の最終日は療育へ行くため幼稚園を休みました。

次の日に幼稚園に行くと、年少組、年長組を問わず、「夢羽君、どうしたの」とお友達が寄ってきてくれ、バッグを持ってくれたり、帽子や靴を片付けてくれたり、今までになく大勢の子供たちの出迎えに、にっこりとしながらお友達と手を繋ぎ教室へ入って行きました。この光景に娘も先生もビックリしていました。

ここ最近は、年長さんの部屋に行き、寝転がって本を見ていることが何度かあったようです。家でも冷蔵庫の野菜室のドアを引き出し、野菜の上に座り本を見ていることが多くなりました。

実習生が来るとよいところを見せようとするのかわがままをせず、指示通りに行動できると先生から褒められました（人を見ているのかな?）。

家でも笑顔が多く見られ、幼稚園でも楽しく過ごしていると思っていましたが、終了日の二日前に、お友達を叩き泣かせてしまいました。「お友達に『ごめんなさいをして』と頭を下げさせたところ、夢羽君は不服そうな顔をしていました」と先生から話がありました。夢羽なりの理由があったのかもしれないが、暴力はいけないことと教えなければなりません。

最後にまた思い出を増やしました。

終了日の朝は自ら幼稚園のズボンをはき、靴下も履こうとし、早く幼稚園に行こうとママの手を引っ張っていました。幼稚園ではたくさんのお友達が出迎えてくれ、早めの登園に先生もビックリしていました。

三月二十四日、皆さんのおかげで無事終了日を迎えることができました。

何とか無事に一年間通うことができました。

言葉を持たない、わがまま、気まぐれな夢羽、それに加えて身勝手な自分たちの意見をぶつける親、こんな家族の気持ちをいつも親身になり考えてくれ、入園許可をしてくれた園長先生、傍で夢羽を見守り指導してくれた諸先生方には感謝の気持ちでいっぱいです。

そして、いつも夢羽の傍にいて、ぼくたち・私たちの「子供の世界はこんなに素晴らしいんだよ」と教えてくれたお友達にも感謝しかありません。

また、夢羽もよく頑張りました。話ができないために夢羽の気持ちや、どうしてと聞くことができず、イライラやストレス、それに加えて体調不良でも訴えることができず辛い思いをしながら、通園していた時もあったと思いますが、よく頑張ったと褒めてあげたいです。

最後に、卒園するまでには夢羽の口から「ありがとう」と皆さんに言ってほしいです。これが私の願いです。

おわりに

お読みいただき、ありがとうございました。

この本を読んでいただいた方の中には、かわいい孫に対して厳しい言葉でよく書けたものだと、批判される方もいらっしゃると思いますが、私は孫や娘を愛しています。

見知らぬ土地で障がいを抱えた息子の将来を案じ、悲嘆にくれながらも我が子を育てなければと親の責任を感じ、元気に育ってほしいと願い、精いっぱい育てている娘の姿を見ていると不憫でなりませんでした。

でも「これでも夢羽はかわいいいんだよ」と抱きしめている娘の姿に心が癒され安堵し、いつまでもこの愛が続くことを願いました。

親とは、子供に尽くしきれないほどの愛情を注ぎ、成長を願い育てるものだと思います。娘もその一人と確信しています。

神様は夢羽が話すことができないため、見ているだけでも癒される優しい顔、そして暴れん坊だが真っすぐな純真な心を持った子をくれました。

孫の成長と関わり、もしかして普通に追いつくのではないかと、期待を持ちながら試行錯誤をし、時には諦め悲しい気持ちになったり、支えている親のサポートをすることで穏やかに子供を見ることができるのではないかと思ったり、複雑な気持ちで過ごした毎日でした。

さて、「はじめに」で挙げた「公助」ですが、自閉スペクトラム症は成長していく過程で次から次へと症状が出現します。今日できたからこのまま続くというわけでもなく、時、場所、人、環境によりまたできなくなることがあります。そのため、医師による診察はもちろんですが、福祉や行政の助けを得ながら、療育に通い専門家の指導を受けることが基本となります。

次に「共助」ですがこの病は個人の力だけで障がいのある子を見ることには限界があり、他者の協力が必要であることを痛感しました。

とかく障がいのある子を持つ親ということで消極的、孤立しがちになるため、傍で支える方がいることが必須だと思います。

そのような時に近所の方々の温かい言葉は心強く、安堵したことを忘れません。

とにかく障がいのある子を持つ保護者のサポートが一番と声を大にして言いたいと思います。

また、夢羽にとって一番感謝しなければならないことは、幼稚園に入れたことです。運よく障がい児教育に理解のある園長先生に出会えたことや、担任、加配の先生方の愛情ある指導、見守りが受けられたことです。さらにいつもお友達が傍にいて、優しい労わりの言葉をかけてくれ、助けてくれたり、仲間に入れてくれ一緒に遊んでくれ、人といることは楽しいと教えてくれた天真爛漫なお友達がいてくれたことに感謝しています。今年も療育に通いながら身体的な学びを通し、今必要な最低限の社会生活上のルールを、幼稚園でお友達と関わりながら生活の中で自然に実践しています。ゆっくりではありますが、夢羽のペースで着実に成長しているのが見えます。

皆さんに支えられてここまで来られたことに感謝し、慈しみのある優しい子に育ってほしいと願っています。早く夢羽本人から「ありがとう」と言ってほしいです（いまだに話をすることはできません）。

私自身、夢羽に「何か変」と思うようになった時から、自閉スペクトラム症と診断されるまで、否定と肯定がいつも心の中で揺れ動いていました。

しかし、夢羽は障がいに加え話すこともできない二重の苦しみを背負っていると思った時に、いつまでもメソメソしていられないと思い、夢羽のことは娘が支え、娘のことは私が支えるという構図になっていました。

夢羽との関わりは、試行錯誤の毎日ですが、いつもよくできたねと（褒め）、その調子でねと（励まし）、ありがとうとの（感謝）の言葉をかけ続け、いつしか〝やったね〟と喜び合い、そして「ばぁば」と呼んでくれることを楽しみにしています。

最後に私から夢羽にお願いがあります。

ママの所に生まれてきてよかったと、いつか夢羽の口から言ってほしいです。

今、夢羽は羽を広げ、ゴールの見えない、辿り着かない夢を追いかけ、一歩一歩自分のペースで飛び立とうとしています。

どうか奇跡が起きますように。起きることを信じています。

最後になりましたが、夢羽のためにご尽力いただいた方々に感謝申し上げます。

そして、この本を出版するにあたり、ご助言、指導、励ましをいただいた幻冬舎の皆様に感謝し、お礼申し上げます。

私と夢羽で散歩した時の会話です。

夢羽が私にはなしかけてくれました
ねぇ　ばぁば
ぼくは　真っすぐがすきなんだ
それでも　いい
いいよ　でも　寄り道してもいいんだよ

菊地よう子（きくち・ようこ）

1956年生まれ。
専門学校を卒業後、仕事と子育てをしながら
定年まで働く。

かわいい孫《まご》は自閉《じへい》スペクトラム症《しょう》

2023年12月15日　第1刷発行

著　者　　菊地よう子
発行人　　久保田貴幸

発行元　　株式会社 幻冬舎メディアコンサルティング
　　　　　〒151-0051　東京都渋谷区千駄ヶ谷4-9-7
　　　　　電話　03-5411-6440（編集）

発売元　　株式会社 幻冬舎
　　　　　〒151-0051　東京都渋谷区千駄ヶ谷4-9-7
　　　　　電話　03-5411-6222（営業）

印刷・製本　中央精版印刷株式会社
装　丁　　弓田和則

検印廃止

Printed in Japan
ISBN 978-4-344-69027-1 C0095
幻冬舎メディアコンサルティングＨＰ
https://www.gentosha-mc.com/